2 महान अवतार
श्रीराम और श्रीकृष्ण

सरश्री द्वारा रचित श्रेष्ठ पुस्तकें

१. इन पुस्तकों द्वारा आध्यात्मिक विकास करें
- निःशब्द संवाद का जादू – जीवन की १११ जिज्ञासाओं का समाधान
- विचार नियम – आपकी कामयाबी का रहस्य
- ली गीता ला – लीला और गीता का अनोखा संगम और प्रारंभ
- गीता यज्ञ – कर्मफल और सफल फल रहस्य
- गीता संन्यास – कर्मसंन्यासयोग
- ईश्वर से मुलाकात – तुम्हें जो लगे अच्छा वही मेरी इच्छा
- संतों में संत तुकाराम महाराज – अभंग रहस्य और जीवन चरित्र
- भक्ति का हिमालय द मीरा – जीवन चरित्र और भक्ति भाव रहस्य
- समर्पण का अद्भुत राजमार्ग – पूर्ण त्याग और अर्पण शक्ति का जादू
- संत एकनाथ – जीवन चरित्र और बहुमूल्य शिक्षाएँ
- भक्ति के भक्त – रामकृष्ण परमहंस
- सत् चित्त आनंद – आपके 60 सवाल और 24 घंटे

२. इन पुस्तकों द्वारा स्वमदद करें
- संपूर्ण लक्ष्य – संपूर्ण विकास कैसे करें
- अवचेतन मन की शक्ति के पीछे आत्मबल
- नींव नाइन्टी – नैतिक मूल्यों की संपत्ति
- सुखी जीवन के पासवर्ड – कैसे खोलें दुःख, अशांति और परेशानी का ताला
- प्रेम नियम – प्लास्टिक प्रेम से मुक्ति
- सुनहरा नियम – रिश्तों में नई सुगंध
- नास्तिकता से मुक्ति – उलटा विश्वास सीधा कैसे करें
- इमोशन्स पर जीत – दुःखद भावनाओं से मुलाकात कैसे करें
- सिंदबाद की 7 साहसिक यात्राओं से सीखें डर नाम की कोई चीज़ नहीं

३. इन पुस्तकों द्वारा हर समस्या का समाधान पाएँ
- स्वास्थ्य त्रिकोण – स्वास्थ्य संपन्न
- खुशी का रहस्य – सुख पाएँ, दुःख भगाएँ : ३० दिन में

४. इन आध्यात्मिक उपन्यासों द्वारा जीवन के गहरे सत्य जानें
- मृत्यु पर विजय – मृत्युंजय
- स्वयं का सामना – हरक्युलिस की आंतरिक खोज

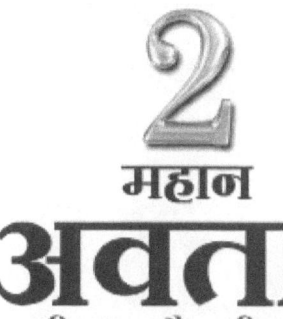

2 महान अवतार

श्रीराम और श्रीकृष्ण

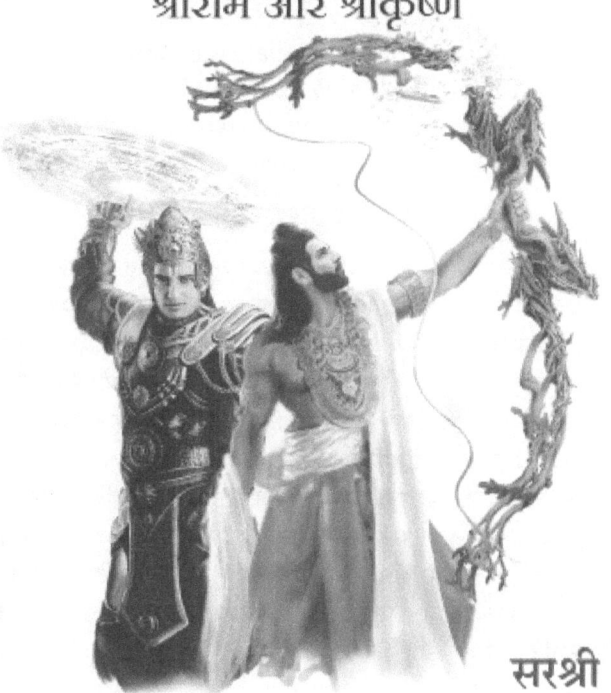

सरश्री

2
महान अवतार

श्रीराम और श्रीकृष्ण

By **Sirshree** Tejparkhi

प्रथम आवृत्ति : जुलाई 2018

प्रकाशक : वॉव पब्लिशिंग्स प्रा. लि., पुणे

© Tejgyan Global Foundation
All Rights Reserved 2018.
Tejgyan Global Foundation is a charitable organization
with its headquarters in Pune, India.

© सर्वाधिकार सुरक्षित

वॉव पब्लिशिंग्ज् प्रा. लि. द्वारा प्रकाशित यह पुस्तक इस शर्त पर विक्रय की जा रही है कि प्रकाशक की लिखित पूर्वानुमति के बिना इसे व्यावसायिक अथवा अन्य किसी भी रूप में उपयोग नहीं किया जा सकता। इसे पुनः प्रकाशित कर बेचा या किराए पर नहीं दिया जा सकता तथा जिल्दबंद या खुले किसी भी अन्य रूप में पाठकों के मध्य इसका परिचालन नहीं किया जा सकता। ये सभी शर्तें पुस्तक के खरीददार पर भी लागू होंगी। इस संदर्भ में सभी प्रकाशनाधिकार सुरक्षित हैं। इस पुस्तक का आंशिक रूप में पुनः प्रकाशन या पुनः प्रकाशनार्थ अपने रिकॉर्ड में सुरक्षित रखने, इसे पुनः प्रस्तुत करने की प्रति अपनाने, इसका अनूदित रूप तैयार करने अथवा इलेक्ट्रॉनिक, मैकेनिकल, फोटोकॉपी और रिकॉर्डिंग आदि किसी भी पद्धति से इसका उपयोग करने हेतु समस्त प्रकाशनाधिकार रखनेवाले अधिकारी तथा पुस्तक के प्रकाशक की पूर्वानुमति लेना अनिवार्य है।

---

2 MAHAN AVATAR
Shri Ram aur Shri Krishna

यह पुस्तक समर्पित है
१० अवतारों को,
जिनके अवतरण से
विश्व की चेतना उठी है।

– विषय सूची –

खण्ड 1 श्रीराम अवतार		**9**
प्रारंभ	राम नाम की लीला	11
1.	असली रामलीला	13
2.	रामायण का प्रारंभ	16
3.	श्रीराम का मानव जन्म	19
4.	राम की बाल लीला	23
5.	राम को मिला ज्ञान	27
6.	आज्ञावान राम	29
7.	प्रज्ञावान राम	33
8.	विनम्र राम	36
9.	संयमशील राम	39
10.	आदर्श पति राम	43
11.	राम नाम का सेतू	46
12.	राम को कैसे जागृत किया जाए	49
13.	राजा राम का त्याग	52
14.	सीता की अग्निपरीक्षा की एक और कहानी	54
15.	राम और सीता का दूसरा वनवास	56
16.	श्रीराम का गुण दर्शन	61

	खण्ड 2 श्रीकृष्ण अवतार	**65**
प्रारंभ	हर एक का लक्ष्य (कृष्ण) एक है	67
1.	श्रीकृष्ण कौन शरीर या अनुभव	71
2.	अनुभव को मिला श्रीकृष्ण रूप	74
3.	शिकारी का शिकार	78
4.	माया का धोखा, श्रीकृष्ण के लिए मौका	81
5.	गोवर्धन पर्वत, कृष्ण कृपा	83
6.	कृष्ण का विराट व असीमित स्वरूप	86
7.	सभी में अनुभव एक समान	90
8.	श्रीकृष्ण की सखी राधा	95
9.	ज्ञानी उद्धव को मिली भक्ति	98
10.	कृष्ण की याद	102
11.	वृत्तियों से मुक्ति	106
12.	अहंकारी के साथ कपट	108
13.	कृष्ण पर विश्वास से चमत्कार	110
14.	कृपा दृष्टि से कृष्ण मिलते हैं	114
15.	कृष्ण से कपटमुक्त कैसे रहें	116
16.	कृष्ण की सिखावनियाँ	120
17.	कृष्ण चेतना की पहचान कृष्ण द्वारा	127
परिशिष्ट - तेजज्ञान फाउण्डेशन की जानकारी		137-152

खण्ड १
श्रीराम अवतार

प्रारंभ

राम नाम की लीला

आपके भीतर बसे राम

राम नाम की महीमा कई संतों द्वारा गाई गई है। क्या राम नाम से भवसागर पार हो जाता है... क्या राम नाम दुनिया का सार है... क्या राम नाम से पवित्र कोई नाम नहीं... क्या राम नाम सिमरण से जग जीता जा सकता है...। इस तरह कई संतों ने राम नाम का बखान किया है।

सच्चे राम भक्त कहते हैं कि जिसे राम नाम की प्रीत लग जाती है, उसके लिए दुनिया की कोई चीज़ मायने नहीं रखती। सोचिए कि जब राम नाम में इतनी ताकत है तो श्रीराम अवतार में दुनिया को बदलने की कितनी ताकत होगी।

श्रीराम केवल दशरथ नंदन राम नहीं बल्कि उनके भीतर स्थित चैतन्य को कहा गया है। वह चैतन्य जिसने दशरथ नंदन के शरीर द्वारा लीला खेली। भगवान श्रीराम की इस लीला को सदा याद रखने के लिए, उनके शरीर के जन्म के दिन पर 'रामनवमी' का त्योहार मनाया जाता है।

भगवान रामचंद्र मर्यादा पुरुषोत्तम थे हैं, किंतु हम 'राम' किसे मानते हैं? दशरथ पुत्र श्रीराम तो हमारे लिए निमित्त हैं, संकेत हैं। श्रीराम तो पहले से ही हम सबके अंदर हैं लेकिन हमें पता नहीं है। राम लीला के संकेतों की सही समझ से यदि हमारा जीवन राममय बन जाए तो सही मायनों में हमारे जीवन में श्रीराम प्रकट हो जाएँगे। अंदर के राम को जागृत करने की प्यास जब हममें जागेगी, तब अहं के रावण (दुःख) का नाश होगा और अंदर की पुकार, जो सत्य की पुकार है, सुनाई देनी शुरू होगी।

जब इंसान को अपने जीवन में राम (सत्य अनुभव) का महत्त्व पता चलता है और उसकी कमी महसूस होती है, तब वह राम की वापसी के लिए प्रयास शुरू करता है। वह योग्य मार्गदर्शन से अपने भीतर सत्य की ताकत को बढ़ाता है और रावण (अपने विकार और अहंकार) से युद्ध कर, उसे परास्त कर देता है। जैसे ही इंसान के जीवन में राम वापस आते हैं, उसके शरीर (अयोध्या) में दिवाली होती है। दिवाली यानी उत्सव, उल्लास, उत्साह, प्रेम-आनंद-मौन।

आशा है कि इस पुस्तक के प्रकाश में आप भी सच्ची दिवाली मनाएँगे।

इसी शुभ इच्छा के साथ आपमें बसे 'राम'(अवतार) को समर्पित है यह पुस्तक रूपी पुष्प!

...सरश्री

अध्याय १

असली रामलीला

आंतरिक रामायण

भक्ति की शक्ति से सारी दृश्य, अदृश्य शक्तियाँ
आपके सहयोग में काम करने लगती हैं।

यदि आप मनोरंजन के लिए श्री राम की कहानी जानना चाहते हैं तो आपके लिए गाँव में खेली जानेवाली रामलीला को देखना ही पर्याप्त है लेकिन यदि लीलाधर की लीला को समझना है तो रामायण को अनुभव के स्तर पर पढ़ें। जब आप स्वयं अनुभव प्राप्त करेंगे, तब कहानी मनोरंजन नहीं, लीला का आनंद देगी। गंगाधर की गंगा (समझ) प्राप्त करें, लीलाधर की लीला समझें, रामायण की आंतरिक कहानी पढ़ें और सत्य के वियोग से बचें।

जिन्होंने श्रीराम की लीला को समझा, उन्होंने राम नाम का उलटा जाप करके भी सत्य को प्राप्त कर लिया। आप सभी वाल्मीकि ऋषि का उदाहरण जानते हैं, जो पहले रत्नाकर नाम से प्रसिद्ध थे। देवर्षि नारद से दीक्षा लेकर जब उन्होंने राम जप का तप किया, तब उनके 'मरा-मरा' कहने में भी भाव तो 'राम' (अनुभव) का ही था। राम का उलटा शब्द 'मरा' होता है लेकिन यदि जाप करनेवाले का भाव सच्चा है तो 'मरा'

शब्द भी अनुभव को 'जीवित' कर देता है। राम किसी शरीर का नाम नहीं, यह नाम है हर मनुष्य के अंदर जीवित चैतन्य का। नाम सिमरन माया से मुक्ति में सहायक होता है, फिर चाहे वह तोतली भाषा में क्यों न कहा जाए!

जब लोग ये बातें भूल जाते हैं, तब ही आपस में हिंसा होती है। मंदिर-मस्जिद के नाम पर दंगे होते हैं। 'जय रामजी की' कहनेवाले राम की विजय केवल मूर्ति स्थापित करने तक समझते हैं। राम की जय तो तब होगी, जब इंसान के अंदर का रावण मारा जाए। पुराने ज़माने में जब लोग आपस में मिलते थे, तब वे एक-दूसरे में राम के दर्शन करते थे। 'हरेक राम, हरेक कृष्ण-हरेक रामा, हरेक कृष्णा', ऐसा भाव हरेक के अंदर रहता था। जब वे इस भाव को याद रखने में कामयाब होते थे, तब वे मुख से 'जय रामजी की' कहते थे। परंतु आज इसका असली अर्थ खो गया है। यदि आप भी राम की विजय चाहते हैं तो आइए, अंदर की रामायण जानें-सीखें!

जीवन को समझनेवालों ने जीवन के खेल को अलग-अलग नाम दिए हैं। किसी ने जीवन को 'पाठशाला' कहा है तो किसी ने जीवन को 'कर्मभूमि' कहा है। कोई जीवन को 'अभिव्यक्ति' कहता है तो कोई 'पहेली' कहता है। अलग-अलग पहलू और दृष्टिकोण से देखें तो इनमें से हर जवाब सही है। जीवन को अपने अंदर अनुभव करनेवालों ने इसे 'मौन' नाम दिया। मौन को समझना सांसारिक बुद्धि से परे है इसलिए इसे एक दूसरा नाम भी दिया गया है और यह है, 'लीला', ईश्वर की लीला, रामलीला।

श्रीराम की लीला हम सबके जीवन में चल रही है लेकिन कोई इसे जल्दी समझ जाता है तो कोई पचास-साठ साल के बाद समझ पाता है। कुछ लोग ऐसे भी हैं जो इस लीला को मरते वक्त समझ पाते हैं लेकिन तब तक बहुत देर हो चुकी होती है। इसके बावजूद लीला को यदि कोई मरते वक्त भी समझ पाता है तो यह भी कम नहीं है क्योंकि कई लोग ऐसे भी हैं, जो ईश्वर की लीला को बिना समझे ही इस दुनिया से चले जाते हैं।

अब आप भी अपने जीवन में झाँककर देखें कि इसमें कहाँ-कहाँ पर लीला चल रही थी? लेकिन समझ न होने के कारण हम उसे बुरी घटना समझ रहे थे। यह समझ आते ही आप भावी जीवन में लीला का आनंद लेने लगेंगे। ज़रूरी है कि जो बीत गया उसमें घटी लीला का लक्ष्य हम समझ पाएँ और जो आनेवाला है उसमें होनेवाली लीला का आनंद लें। लीला तो होती ही है आनंद के लिए लेकिन इसे समझ न पाने की वजह से यह फंदा महसूस होती है।

इस पुस्तक में आप असली रामायण, अंदर की रामायण को समझ पाएँगे। यह समझने का प्रयास करें कि इस कहानी के पात्र ईश्वर की कौन सी लीला की ओर इशारा कर रहे हैं। इस कहानी के आधार पर आपके जीवन में क्या घटित हो रहा है, यह देखें। मनन करें कि कहानी से क्या सीख ले सकते हैं, कौन सी बातों पर अमल कर सकते हैं?

रामायण में राम की कहानी कही गई है लेकिन असल में तो यह कहानी राम के भौतिक शरीर से खेली गई लीला है। वास्तविक 'राम' शरीर से परे एवं निराकार सत्य है इसीलिए तो जब कोई मर जाता है तब उसे 'राम नाम सत्य है' कहते हुए श्मशान घाट ले जाते हैं। 'राम' सत्य का एक नाम है। फिर भी किसी के मरने के बाद यह सत्य दोहराना उतना उपयोगी नहीं है। राम का नाम दोहराना, समझना और इस पर अमल करना तब ज़्यादा उपयोगी है, जब इंसान जीवित है हो।

जब राम नाम को जपनेवाला इंसान जप के साथ अंदर के राम तक पहुँच जाता है, तब 'राम' का नाम राम से भी बड़ा हो जाता है। इसके विपरीत जब 'राम' नाम को जपनेवाला इंसान बाहर की माया में आसक्त हो जाता है, तब यही नाम 'रावण' हो जाता है। नाम की महिमा गानेवालों ने इसी सत्य को जाना है। ईश्वर का नाम कुछ भी हो; वह श्रीकृष्ण हो या जीज़स क्राईस्ट, अल्लाह हो या सेल्फ... आप यदि इसे स्वयं अनुभूत करते हैं तो ही जीवन को भवसागर से पार लाया जा सकता है।

अध्याय २

रामायण का प्रारंभ

मोह हिरण का, मृत्यु श्रवण की

जब इंसान भगवान के सामने समर्पित हो जाता है
तब वह होनेवाले अपमान से बच जाता है।

श्रीराम की कहानी श्रवणकुमार से प्रारंभ होती है। श्रवणकुमार की यह कथा राम के जन्म से पहले की है लेकिन इसका प्रभाव राम की पूरी जीवन यात्रा पर पड़ा।

रामकथा के अनुसार श्रवणकुमार के माता-पिता नेत्रहीन थे। श्रवणकुमार एक आदर्श पुत्र थे। माता-पिता की सेवा करना, उनकी आज्ञा का पालन करना, उनकी इच्छापूर्ति करना ही श्रवणकुमार का धर्म था। श्रवणकुमार से उनके माता-पिता ने एक बार कहा कि 'हमें तीर्थ करवाओ।' 'तीर्थ करवाओ' यानी हमें ऐसी जगह ले चलो, जहाँ सत्य का दर्शन हो, जहाँ सत्य मिले। श्रवणकुमार ने इसके लिए खुशी-खुशी एक काँवर तैयार की। उसके एक पलड़े में माँ को एवं दूसरी तरफ पिता को बिठाया और वे तीर्थयात्रा के लिए चल पड़े। रास्ते में एक जंगल से गुज़रते हुए श्रवण के माता-पिता को प्यास लगी। तब श्रवण ने काँवर एक पेड़ के नीचे रख दी और घड़ा लेकर पानी की तलाश करने लगे।

कुछ दूर जाने के बाद श्रवणकुमार को एक नदी दिखाई दी। उन्होंने तुरंत बहती नदी में घड़ा डुबोया जिससे बुड़... बुड़ की आवाज़ हुई। उसी समय वहाँ राजा दशरथ भी शिकार खेलते हुए, एक हिरण का पीछा कर रहे थे। बुड़... बुड़ की आवाज़ सुनकर उन्होंने अनुमान लगाया कि वहाँ हिरण पानी पी रहा है। उन्हें आवाज़ के सहारे शिकार करने में महारत हासिल थी। अतः उन्होंने बिना समझे-बूझे आवाज़ की दिशा में तीर छोड़ दिया, जिसने श्रवणकुमार को बींध दिया। राजा दशरथ से बहुत बड़ी गलती हो गई। जब तक पुरानी वृत्तियाँ, पुराने संस्कार नहीं टूटते, तब तक गलतियाँ होती रहती हैं। दशरथ ने श्रवणकुमार को हिरण समझकर तीर मार दिया और श्रवणकुमार की मृत्यु हो गई।

आखिरी साँसें लेते हुए श्रवणकुमार ने राजा दशरथ से विनती की, 'आप मेरे प्यासे माता-पिता को पानी पिला दीजिए और मेरी अवस्था के बारे में उन्हें कुछ मत बताइएगा वरना वे जीवित नहीं बचेंगे।' अपने गलत अनुमान के कारण हुई दुर्घटना से राजा दशरथ बड़े दुःखी हुए। फिर भी साहस जुटाकर वे श्रवणकुमार के माता-पिता के पास पानी लेकर पहुँचे और उन्हें पूरी घटना बता दी। यह सुनकर श्रवणकुमार के माता-पिता को बहुत ठेस लगी। उन्होंने राजा दशरथ को श्राप दे दिया, 'हे राजन, अपने पुत्र के वियोग में जैसे हम अपने प्राणों का त्याग कर रहे हैं, वैसे ही एक दिन तुम भी अपने प्रिय पुत्र के वियोग में अपने प्राणों का त्याग करोगे।' दशरथ के श्रवणकुमार 'राम' थे और उस श्राप का फल किस रूप में आया, यह आप जानते हैं।

रामायण के सभी पात्रों के नाम बहुत ही सोच-समझकर रखे गए हैं। हर नाम के पीछे अर्थ छिपा है। इसी तरह 'श्रवणकुमार'... यह नाम भी सोच-समझकर रखा गया है।

दशरथ का हिरण के पीछे भागना और श्रवणकुमार को तीर लगना, यह दर्शाता है कि यदि इंसान अपनी गलत इच्छाओं का पीछा करना नहीं छोड़ता और गलत वृत्तियों पर कार्य नहीं करता तो वे उसे असत्य (कपट, अनुमान, अविश्वास) में उलझाकर उसका सत्य श्रवण बंद करा

देती हैं। परिणामतः इंसान (दशरथ) स्वअनुभव (राम) से दूर हो जाता है। सत्य के दूर होने पर जीवन में दुःख, तकलीफें, परेशानियाँ घर कर लेती हैं। इसीलिए सत्य श्रवण कभी बंद न करें (श्रवणकुमार को मरने न दें) क्योंकि ऐसा करने से परम लक्ष्य पाने की सारी संभावनाएँ थम जाएँगी।

आपके जीवन में राम तो पहले से ही हैं, रामराज्य पहले से ही है मगर कुछ गलत वृत्तियाँ, मान्यताएँ, संस्कार हैं, जिनकी वजह से आपको हिरण दिखाई देता है। हिरण अर्थात इंसान की इच्छाएँ और महत्वाकांक्षाएँ। यदि ये महत्वाकांक्षाएँ सकारात्मकता की ओर जाएँ तो राम से मुलाकात हो जाए। नकारात्मकता की ओर जाएँ तो राम से दूर कर दें। ऐसे हिरण अकसर ही अपनों से विछोह का कारण बनते हैं। लोगों को सोने का हिरण दिखने लग जाए तो वे उसके पीछे भागेंगे ही और उसे पकड़ना भी चाहेंगे। थोड़ी देर के लिए वे भूल ही जाते हैं, जैसे सीता भी असली बात भूल गई थी। इसी कारण सत्य, अनुभव से बिछड़ जाता है।

श्रवणकुमार की मृत्यु के कारण ही दशरथ को श्राप मिला और उनका राम से वियोग हुआ। इसी लिए ज़रूरी है कि सोच-समझकर कर्म किए जाएँ, अन्यथा आप तो कष्ट पाते ही हैं, साथ ही आपके संचित कर्म आनेवाली पीढ़ियों पर भी असर डालते हैं।

श्रवणकुमार ने, राजा दशरथ से, अपने माता-पिता को पानी पिलाने के लिए कहा यानी उन कानों को मरते वक्त सत्य के बारे में कुछ तो सुनाई दे। अगर मरते वक्त भी कोई सत्य जान जाए तो बहुत बड़ा काम हुआ वरना उस वक्त भी लोग इसी मान्यता में रहते हैं कि 'मैं मर रहा हूँ' तो वह अज्ञान में ही मरना हुआ। जो इंसान स्वयं को जीवनभर शरीर ही मानकर जीए और मरते वक्त भी शरीर ही मानकर मरे कि 'मैं (शरीर) मर रहा हूँ' तो उसका पृथ्वी लक्ष्य अपूर्ण रहा, यह समझ लें।

सत्य श्रवण द्वारा आपके जीवन में रामराज्य का आना संभव हो पाएगा इसलिए सत्य श्रवण के महत्त्व को समझें। अब से ही अपने जीवन को अपूर्ण नहीं बल्कि संपूर्ण बनाने में जुट जाएँ।

अध्याय ३

श्रीराम का मानव जन्म

किसे मान रहे हो राम?

जब मन के परे की चीज से हम आसक्त होते हैं,
तब उसे भक्ति कहा जाता है।
जब मन के क्षेत्र की चीज से हम आसक्त होते हैं,
तब उसे आसक्ति कहा जाता है।

संतान प्राप्ति के लिए राजा दशरथ ने गुरु वशिष्ठ से परामर्श पाकर यज्ञ किया। उन्होंने अग्निदेव से खीर का प्रसाद प्राप्त करके अपनी तीनों रानियों कौशल्या, कैकेयी और सुमित्रा में बाँट दिया। समयानुसार राजमहल में चार पुत्रों - राम, लक्ष्मण, भरत और शत्रुघ्न ने जन्म लिया। इस दिवस को आज भी 'रामनवमी' के रूप में मनाया जाता है।

राम घर के सबसे बड़े बेटे थे। परंतु इसके बावजूद उन्होंने सभी के साथ समान व्यवहार किया। कभी भी कैकेयी और सुमित्रा को सौतेली माँ समझकर व्यवहार नहीं किया। बचपन से ही उन्होंने निमित्त बनकर, सुलझे हुए बच्चे का किरदार निभाया।

राम का जन्मदिन एक 'निमित्त दिवस' है। निमित्त का अर्थ है, कारण बनना। जैसे आपका जन्मदिन किसी अच्छे कार्य के लिए निमित्त बन सकता है या उस दिन पूरे जीवन पर मनन हो तो यह एक दिन आपके आनेवाले साल के सभी दिनों के लिए सही निमित्त बन पाता है।

श्रीराम और श्रीकृष्ण अवतार 19

अपने निमित्त दिवस पर यह मनन ज़रूर करें कि हम आज तक क्या करते आए हैं? खुद को क्या मानकर जीते आए हैं? उससे आज तक क्या मिला है? अगर आगे का जीवन, 'जो हम हैं' वह बनकर जीएँ तो क्या मिलेगा? उसके मिलने की संभावना कितनी है? उसमें हम क्या खोनेवाले हैं? कौन सी सुविधाएँ, कौन से डर, कौन सी महत्वाकांक्षाएँ? कौन से सुख खोनेवाले हैं? इन सबकी तुलना में मिलनेवाला 'तेज आनंद' कितना है? इन सवालों पर मनन करने के बाद अगर वह तेज आनंद आपको महत्वपूर्ण लगता है तो आप आगे के जीवन के लिए सही निर्णय ले पाएँगे।

इस तरह किसी ने पूरे दिन मनन किया तो उसके लिए आगे का जीवन बढ़िया होगा। उसके लिए वह दिन 'स्व' में स्थापित होने की तैयारी होगी और वह यादगार दिन साबित होगा। इसे कहा जाएगा 'निमित्त दिवस' यानी वह कारण बना। निमित्त दिवस किसी के लिए 'महानिमित्त दिवस' साबित हो सकता है यदि उसने 'रामनवमी' का सही अर्थ जान लिया हो।

लोग रामनवमी का पर्व इस भावना से मनाते हैं कि इस दिन राम का जन्म हुआ था। यहाँ सोचनेवाली बात यह है कि क्या राम का जन्म हो सकता है? राम का जन्म तो हो ही नहीं सकता। 'राम' वह अनुभव है, वह चैतन्य है, जो हर मनुष्य के हृदय स्थान में, सारी सृष्टि के अंदर और बाहर, कण-कण में विराजमान है। राम अपने होने का एहसास है। राम तो निराकार, अजन्मा, असीम, अखंड, सर्वव्यापी है। अतः जन्मोत्सव राम का नहीं बल्कि राम के मानव शरीर का मनाया जाता है, जो राम (अनुभव) की अभिव्यक्ति के लिए निमित्त था। जिसके द्वारा अभिव्यक्ति कर, निराकार राम ने ऐसे आदर्श स्थापित किए जो आज भी मिसाल के तौर पर कायम हैं। इस प्रकार उनका मानव शरीर पूरे संसार के लिए महानिमित्त था, है और हमेशा रहेगा। अतः हमें राम और उनके भौतिक शरीर के फर्क को समझना चाहिए।

'महानिमित्त' शब्द इसलिए कहा गया क्योंकि राम का भौतिक शरीर अनेक लोगों के लिए निमित्त बना। आज तक पूरे भारतवर्ष में राम का नाम पूर्ण श्रद्धा, भक्ति और प्रेम से लिया जाता है। जब राम का नाम मन को मिल जाता है, तब मन माया के आकर्षण से बाहर आ जाता है। जो मन को अंदर ले जाए वही तो मंदिर है। मंदिर का अर्थ ही है, मन अंदर। आज कितने ऐसे मंदिर हैं, जो मन को अंदर ले जाने के लिए याद दिलाते हैं? सोचकर देखें।

वास्तविक राम कौन? : जो लोग यह मानकर बैठे हैं कि रामनवमी राम का जन्मदिन है तो उनके लिए यह सवाल है कि 'वास्तविक राम कौन हैं?'

आखिर हम राम मान किसे रहे हैं? दशरथ के बेटे को राम मान रहे हैं? कौशल्या के बेटे को राम मान रहे हैं या गुरु वशिष्ठ से बातचीत के बाद जो राम जागृत हुए, उन्हें राम मान रहे हैं? गुरु वशिष्ठ से बातचीत के दौरान जब कुछ प्रश्न उठाए गए तो उन प्रश्नों के उत्तर द्वारा बड़ा काम हुआ और श्रीराम प्रकट हुए।

इसका सरल सा अर्थ है कि रामनवमी के दिन तो उस भौतिक शरीर का जन्म हुआ, जिसके द्वारा राम ने अपनी लीला खेली। राम पहले से ही थे, हैं और रहेंगे। भौतिक शरीर आएँगे, जाएँगे फिर से आएँगे लेकिन राम सदा उपस्थित रहेंगे।

मानव शरीर असल में 'दशरथ' है। अर्थात दस इंद्रियाँ रूपी अश्वों का रथ। इस रथ के दस अश्व हैं- दो कान, दो आँखें, एक नाक, एक ज़ुबान, एक (संपूर्ण) त्वचा, एक मन, एक बुद्धि और एक प्राण। इस दशरथ का सारथी है -'राम'। राम इंद्रियों का सूरज हैं। उन्हीं के तेज से शरीर और उसकी इंद्रियाँ चल रही हैं। जब शरीर रूपी रथ पर चेतना रूपी राम आरूढ़ होकर इसका संचालन अपने हाथों में लेते हैं तभी वह सजीव होकर अभिव्यक्ति करता है। शरीर दशरथ है तो सारथी राम, शरीर शव

है तो शिव (चेतना) राम...। राम से वियोग होते ही दशरथ का अस्तित्त्व समाप्त हो जाता है। इन दोनों का मिलन ही अनुभव और अभिव्यक्ति का, जड़ और चेतना का, परा और प्रकृति का मिलन है। अपने सारथी राम के बिना दशरथ उद्देश्यहीन हैं और दशरथ के बिना राम अभिव्यक्ति विहीन। इन दोनों के योग से ही संसार की लीला चल रही है, रामलीला चल रही है।

अध्याय ४

राम की बाल लीला

सत्य के संकेत को समझें

प्रार्थना और विश्वास बीज दोनों एक समान हैं।
दोनों के अंदर कुछ नहीं है
मगर दोनों से बहुत कुछ बनता है।

एक वैज्ञानिक ने बहुत ही अद्‌भुत दूरबीन का आविष्कार किया। उस दूरबीन से चाँद-सितारों को भी बहुत करीब से देखा जा सकता था। वैज्ञानिक ने उस दूरबीन पर बहुत काम किया, उसके अंदर विशिष्ट कलपुर्जे लगाए। जब दूरबीन पूरी तरह से तैयार हो गई, तब उसने अपने मित्रों को इसे दिखाने के लिए बुलाया। उनके लिए विशिष्ट समारोह आयोजित किया गया। इसमें वैज्ञानिक ने आमंत्रित अतिथियों को बताया कि 'मैंने एक ऐसी दूरबीन बनाई है, जिससे जो चाँद अभी आपको इतनी दूर दिख रहा है, वह बहुत नज़दीक दिखाई देगा। चाँद पर निश्चित रूप से क्या-क्या है, यह पता चलेगा। इससे आप जान पाएँगे कि चाँद को देखकर हम जो पूजा-पाठ कर रहे हैं या हम सोचते हैं कि वहाँ कोई देवता बैठा है, उसकी हम पूजा करते हैं, वाकई वैसा ही है या वहाँ कोई पहाड़ है, जिसकी छाया से ऐसा आभास होता है, यह सब साफ-साफ मालूम पड़ जाएगा। चंद्रदेव को इस तरह का दाग लग गया, उस तरह

का अभिशाप मिल गया, यह पौराणिक कथाएँ सत्य हैं या झूठ हैं, यह दूरबीन इन सभी बातों को स्पष्ट करके आपको बताएगी कि वास्तविकता में चाँद पर क्या है, क्या होता है?'

यह उदाहरण पढ़कर आपको लग रहा होगा कि उन मेहमानों ने जब उस दूरबीन से चाँद-सितारे देखे होंगे तो वे खुश हुए होंगे। उन्होंने कहा होगा कि आज हमें सत्य का पता चला। ...मगर ऐसा नहीं हुआ क्योंकि ५० प्रतिशत लोग ही उस दूरबीन से चाँद को देखने के लिए राज़ी हुए। उनमें से भी ४५ प्रतिशत ने जब चाँद को इतनी नज़दीक से देखा तो कहा, 'हमें चाँद बहुत स्पष्ट दिखाई दिया मगर यह वह चाँद नहीं जो आसमान में है। यह तो कोई फिल्म है, कोई चित्र है, जिसे दूरबीन में डालकर दिखाया गया है। यह तो कोई तिकड़म है!' उन ५० प्रतिशत में से सिर्फ ५ प्रतिशत जागृत लोगों ने ही कहा, 'यह वास्तविकता हो सकती है और इसे हम आगे भी विस्तार से जानना चाहेंगे।'

जब आप श्रीराम के बारे में सुनते हैं, पढ़ते हैं तो यह भी समझें कि राम सत्य का इशारा कैसे करते हैं? बालपन में ही उन्होंने अपनी लीलाओं द्वारा कई इशारे किए। आइए, उनके जीवन में घटी एक घटना से उन्होंने किए हुए इशारे जानें।

एक बार बालक राम ने गोल चमकते हुए चाँद को देखा। वे उसकी सुंदरता से आकर्षित होकर उसे पाने के लिए मचल उठे, 'मुझे चाँद ही चाहिए।' सभी लोग राम को समझाने लगे- 'चाँद तो आकाश में होता है, उसे नीचे नहीं लाया जा सकता।' पर राम तो बालहठ पर उतर आए- 'कुछ भी कीजिए, मुझे चाँद लाकर दीजिए। मुझे तो चाँद चाहिए, चाहिए ही चाहिए...' अब छोटे बालक राम को कैसे समझाया जाए? ज़िद पूरी होते न देख राम की तेजस्वी आँखों से आँसू बहने लगे। चेहरा गुस्से से लाल हो गया। उनका यह रूप देख सभी की साँसें थम सी गईं।

बहुत सोच-विचार करने पर इस समस्या से निपटने और राम को

बहलाने के लिए एक युक्ति लगाई गई। वहाँ एक बड़ी थाली लाई गई और उसमें पानी भरकर उन्हें चाँद का प्रतिबिंब (अक्स) दिखाया गया। चाँद को इतना निकट देखकर नन्हे राम का उतरा चेहरा चाँद जैसा ही खिल उठा। बालक राम प्रसन्न हो गए और उन्हें खुश देख सभी की अटकी साँसों में साँस आ गई।

यदि प्रस्तुत प्रसंग पर गौर किया जाए तो पता चलेगा कि इसमें सीधे ही सत्य की ओर इशारा किया गया है। राम के द्वारा चाँद को धरती पर लाने का हठ करने का अर्थ है- स्वअनुभव को शरीर के स्तर पर प्राप्त करने का प्रयास करना। जबकि हकीकत में अनुभव (सेल्फ, सत्य, ईश्वर) को शरीर पर महसूस नहीं किया जा सकता है क्योंकि वह शरीर की सीमा से बाहर की बात है। इंसान का शरीर एक निमित्त है, जिसके द्वारा अनुभव को जाना जा सकता है मगर जिस पर अनुभव पाया नहीं जा सकता। अनुभव को जानने के लिए शरीर, मन, बुद्धि सभी से परे जाना होगा। खोजी ध्यान में इसी अवस्था को पाने का प्रयास करते हैं। अनुभव तो सभी जगह समान है। वह शरीर के, सारी सृष्टि के अंदर और बाहर उपस्थित है, ठीक ऐसे ही जैसे रसगुल्ले में रस अंदर भी होता है और बाहर भी।

प्रसंग में आगे दर्शाया गया है कि थाली में चाँद देखकर राम प्रसन्न और संतुष्ट होते हैं मगर वहाँ उपस्थित सभी बड़े (ज्ञानी) जानते हैं कि यह प्रसन्नता झूठी है, मन का भ्रम है क्योंकि चाँद वास्तव में थाली में नहीं है।

यह घटना सीख देती है कि कुछ सत्य साधक शरीर पर होनेवाले अनुभवों जैसे- कोई तीव्र प्रकाश दिखना, शरीर का विस्तार या भार रहितता महसूस करना, कुछ विशेष तरंग, स्पंदन महसूस करना, कुंडलिनी जागृत होना, कोई सिद्धि मिलना आदि बातों को ही स्वअनुभव समझकर खुश हो जाते हैं और अपनी आध्यात्मिक यात्रा रोक देते हैं। ऐसे साधकों के अहंकारी, स्वयं को ज्ञानी समझने की प्रबल संभावनाएँ होती हैं, जो

उन्हें लक्ष्य से भटका देती हैं। अतः खोजी को पूरी स्पष्टता होनी चाहिए कि चमत्कार जैसी लगनेवाली ऐसी कोई भी अवस्था स्वअनुभव नहीं है ताकि उसके लक्ष्य में कोई भी बात बाधा न बने। बाल लीला इसी ओर संकेत है।

श्रीराम वह अनुभव हैं जो हर मनुष्य के अपने होने का एहसास है। यही अनुभव हरेक में विद्यमान है। मानव अवतार में वे इसी अनुभव की ओर इशारा करते रहे।

अध्याय ५

राम को मिला ज्ञान

गुरु वशिष्ठ का आश्रम

ईश्वर पर विश्वास, भक्ति जगाने में काम में आता है,
ईश्वर की भक्ति अटूट विश्वास पैदा करने में मदद करती है।

महाभारत के युद्ध में अर्जुन की जगह पर दुर्योधन होता तो कृष्ण वही गीता नहीं बताते, जो उन्होंने अर्जुन को सुनाई। कुछ सवालों से गीता बनती है तो कुछ सवालों से बनती है, महागीता। अर्जुन और राम, दोनों ने सवाल पूछे थे मगर दोनों के सवालों में अंतर था। यह समझने की कोशिश करें कि अर्जुन जब सवाल पूछ रहा था तो वहाँ चेतना का स्तर कैसा था? अर्जुन के सवाल शुरुआती सवाल हैं, जो हर खोजी के मन में उठते हैं। अर्जुन ज़्यादा प्रसिद्ध हुए क्योंकि अधिकांश लोगों के मन में जो प्रश्न होते हैं, वे प्रश्न अर्जुन ने उठाए। फिर उन्हें जो जवाब दिए गए, उससे जो गीता बनी वह ज़्यादा प्रसिद्ध हुई।

राम के द्वारा पूछे गए सवाल अधिकांश लोगों को मालूम ही नहीं हैं। राम को जो जवाब मिले, उससे जो 'महागीता' बनी वह है, 'योग वशिष्ठ।' अर्जुन के सवालों से जो प्रसिद्ध ग्रंथ बना, उसका नाम 'गीता' है, जिसमें अर्जुन के सवालों के जवाब दिए गए हैं। इसके विपरीत 'योग वशिष्ठ' इतनी प्रसिद्ध नहीं हुई क्योंकि राम के सवाल उच्चतम चेतना से

पूछे गए सवाल थे। वहाँ पर समझ पहले से ही थी, उस समझ से जब सवाल पूछे गए, तब जवाब भी उच्च कोटि के ही आए। जिस तरह के सवाल पूछे जाते हैं, जवाब भी उसी तरह के होते हैं। इसलिए कहा गया कि राम का शरीर जिस बात के लिए निमित्त बना, वह महानिमित्त था। उसी 'महानिमित्त दिवस' को इस पुस्तक द्वारा समझाया गया है।

जिसे 'वास्तविक राम' कहा गया है, वह हर मनुष्य के अंदर है। इसलिए कहा गया, 'मन को मिले राम और शरीर को मिले आराम।' जब 'आराम' की जगह पर 'जाराम' मिलता है, तब वियोग होता है यानी बिछड़ना होता है। रामायण पढ़ेंगे या सुनेंगे तो आपको पता चलेगा कि यह पूरा ग्रंथ योग और वियोग की कथा है।

हकीकत में यह कहानी तो सत्य के खोजियों की है। जो सत्य के खोजी सुनने को तैयार हैं, वे ही रामायण से असली अर्थ निकाल पाएँगे वरना बहुत सारी रामकथाएँ होंगी और लोग उनमें वर्णित वियोग की घटनाओं पर आँसू बहाकर घर लौट आएँगे। उलटबांसी यह है कि लोग उसी में खुश होकर लौट आते हैं। उनके लिए रामकथा एक सिनेमा होती है, एक मनोरंजन होता है कि कितना बढ़िया बताया। यह तो ऐसे हुआ जैसे दर्शक सिनेमा देखने के बाद रोकर घर आते हैं। सवाल यह है कि पूरी रामकथा सुनने के बाद आपके जीवन में क्या सार्थक परिवर्तन हुआ? आपने राम का क्या अर्थ पकड़ा? पूरी कहानी सुनने के बाद आप उसमें से क्या अर्थ लेकर वापस लौटे? अगर सही अर्थ सुनकर नहीं लौटे तो कुछ भी नहीं हुआ, न शरीर को 'आराम' मिला, न मन को 'राम' मिले। पूर्ण कथा सुनने के बाद भी तमोगुण या रजोगुण में जीते रहे तो कहाँ आराम है? भागदौड़ ही तो है। यह आध्यात्मिक कहानियाँ तो अमूर्त गुरु हैं, जो चैतन्य का जागरण कर रही हैं ताकि हमें समझ में आए कि किस तरह माया के स्वर्ण मृग के पीछे सीता द्वारा राम को दौड़ाया जा रहा है। इसके बाद ही तो रावण आता है और राम-सीता का वियोग होता है। यह न हो इसलिए श्रीराम की कथा को सही मायनों में समझना आवश्यक है।

गुरु वशिष्ठ के आश्रम में रहकर सभी राजकुमार अपनी शिक्षा ग्रहण कर रहे थे। आखिर वह दिन आया जब वे गुरु वशिष्ठ से सब कुछ सीखकर अपने महल वापस जाने के लिए तैयार हो गए।

अध्याय ६

आज्ञावान राम

राक्षसों को मिली मात

जहाँ सत्य का प्रभाव हो, ऐसे स्थान पर जाने का,
सत्य की चर्चा सुनने का अवसर मिलना, बहुत बड़ी गुरु कृपा है।

गुरु वशिष्ठ से शिक्षा ग्रहण कर दशरथ के सभी पुत्र वापस महल लौट आए। इसी दौरान ऋषि विश्वामित्र अयोध्या आ पहुँचे। राजा दशरथ ने उनका आदर-सत्कार किया तथा आने का प्रयोजन पूछा। इस पर उन्होंने राक्षसों द्वारा ऋषियों पर होनेवाले अत्याचारों के बारे में राजा दशरथ को बताया कि 'मारीच, सुबाहु और ताड़का जैसे भयंकर असुरों ने वहाँ अपना आतंक मचाया हुआ है। वे कभी भी कोई सात्विक कर्म होता देख उसे नष्ट करने दौड़ पड़ते हैं और उपद्रव मचाते हैं।'

ऐसे में ऋषियों की सुरक्षा हेतु विश्वामित्र 'राम और लक्ष्मण' को लेने आए थे। वे जानते थे कि सिर्फ श्रीराम ही उन्हें असुरों से मुक्ति दिलाने में सक्षम हैं।

पिता की आज्ञा पाकर और सभी का आशीर्वाद लेकर, राम और लक्ष्मण विश्वामित्र के साथ चल पड़े। राम ने गुरु आज्ञा का पालन किया, बिना किसी संकोच के वे ऋषि विश्वामित्र के साथ चल दिए। उनका यह

व्यवहार उनका अत्यंत 'आज्ञावान' होना दर्शाता है। यह गुण उनके जीवन के कई प्रसंगों में सामने आता है। इसलिए इस गुण का महत्त्व समझते हुए, हमें इसे आत्मसात करना चाहिए।

राम हर कार्य मर्यादा के अंदर रहकर करते थे। उनके मन में संशय पैदा हुआ कि स्त्री का वध करना क्या क्षत्रिय धर्म के विरुद्ध नहीं होगा? विश्वामित्र को जैसे इस विचार का आभास हुआ, उन्होंने श्रीराम को समझाया, 'अत्याचारी पुरुष हो या स्त्री, उसका वध कर पीड़ित मनुष्य की रक्षा करना क्षत्रिय का धर्म है। इसलिए तुम बिना किसी संकोच के उसका वध करो।'

काफी मंथन करके यह संशय दूर होने के बाद राम ताड़का का वध करने के लिए सहमत हो गए। श्रीराम ने ताड़का को यज्ञ भंग न करने का चुनाव करने की राय दी ताकि उन्हें स्त्री हत्या न करनी पड़े मगर ताड़का ने श्रीराम का प्रस्ताव ठुकरा दिया। इसके बाद राम-लक्ष्मण और ताड़का में युद्ध आरंभ हो गया। श्रीराम का अचूक तीर लगने पर पहाड़ जैसी विशाल, भयंकर राक्षसी ताड़का धरती पर गिर पड़ी।

श्रीराम घायल और तड़पती हुई ताड़का के पास गए और उसे विनम्रता से प्रणाम करते हुए कहा, 'भले ही तुम प्रकृति से राक्षसी हो मगर तुम भी उस एक सर्वव्यापी ईश्वर का ही अंश हो। अतः मैं तुम्हें प्रणाम करता हूँ। मेरा उद्देश्य तुम्हारी हत्या करना नहीं, अपितु गुरु के यज्ञ की रक्षा करना था। इस वन को तुम्हारे आतंक से मुक्त करना था। इसके लिए तुम्हारा वध करना आवश्यक हो गया था। यही मेरे गुरु की आज्ञा थी और यही मेरे क्षत्रिय धर्म की मर्यादा भी थी। फिर भी मेरे कारण तुम्हें जो कष्ट हुआ (लकीर बनी) उसके लिए मैं क्षमा चाहता हूँ।'

श्रीराम के विनम्र वचनों को सुनकर और अंत समय में उन्हें पहचानकर राक्षसी ताड़का ने शांति और सुकून से अपने प्राण त्याग दिए। श्रीराम का विरोधियों के प्रति भी सहानुभूति और करुणाभरा व्यवहार देख

गुरु विश्वामित्र ने राम को गले लगा लिया। उसके बाद उन्होंने ताड़का के पुत्र मारीच, सुबाहु तथा उनकी सेना को भी परास्त कर दिया। इस प्रकार राम-लक्ष्मण ने पूरी राक्षसी सेना का संहार कर, गुरु के यज्ञ को और संत-मुनियों को सुरक्षित किया।

प्रस्तुत प्रसंग में श्रीराम ने विरोधियों के प्रति आचरण की भी मर्यादा प्रतिष्ठित की। ताड़का को पराजित करने के उपरांत उनके मन में उसके प्रति कोई कटुता नहीं थी। ताड़का के प्रति उनकी दृष्टि द्वेषपूर्ण नहीं बल्कि करुणापूर्ण थी। उनकी वाणी में जीत का अहंकार नहीं बल्कि विनम्रता और सद्भावना थी। राक्षसी प्रवृत्ति होने के बावजूद भी उन्होंने ताड़का में ईश्वर के ही दर्शन किए और उनसे क्षमा भी माँगी। उन्होंने जो भी किया वह अनासक्त भाव से, अपना धर्म समझकर, मर्यादा में रहकर किया।

उनका यह कृत्य हमें बड़ी सीख देता है कि यदि सत्य पर नज़र हो तो दुश्मन में भी ईश्वर के दर्शन हो सकते हैं। हमें अपने जीवन की हर लड़ाई अनासक्त भाव से और मर्यादा में रहकर ही लड़नी चाहिए। यदि हम जाने-अनजाने में किसी के लिए भी, किसी भी प्रकार के दुःख का कारण बने तो हमें उससे तुरंत क्षमा माँग लेनी चाहिए। क्षमा ईश्वर पाने और वृत्तियों के बोझ से मुक्त होने का आवश्यक गुण है, अतः इसे अपनाना चाहिए। क्षमा माँगने से कोई भी छोटा नहीं हो जाता, यह हमें श्रीराम ने सहज ही सिखाया है।

इस प्रसंग के बाद गुरु विश्वामित्र श्रीराम और लक्ष्मण को अपने साथ मिथिला ले गए। वहाँ घूमते-फिरते श्रीराम ने सीता स्वयंवर और सीता के गुणों की चर्चा सुनी। जिससे उनके मन में उत्सुकता जगी कि 'सीता कौन है, उसमें ऐसे कौन से गुण हैं, जिनकी वजह से वह प्रजा के मन पर छाई हुई है और वे उसके बारे में सोचने मात्र से ही आनंदित हो रहे हैं?' साथ ही उन्होंने यह भी जाना कि सीता को पाने की शर्त क्या है।

यदि आप इस घटनाक्रम पर गहराई से मनन करेंगे तो जानेंगे कि यहाँ सीता सत्य का प्रतीक है। एक इंसान की सत्य का खोजी बनने की यात्रा ऐसे ही आरंभ होती है। उस पर गुरु कृपा तभी से शुरू हो चुकी होती है, जब उसकी यात्रा आरंभ भी नहीं हुई होती है। मगर यह सब अदृश्य में होता है। अतः वह इसे पहचान नहीं पाता।

जहाँ सत्य का प्रभाव हो, ऐसे स्थान पर जाने का, सत्य की चर्चा सुनने का अवसर मिलना, बहुत बड़ी गुरु कृपा है। फिर वह इंसान खोजी (सत्य का जिज्ञासु) बनता है। उसके अंदर सत्य को जानने की प्यास जगती है, ज्ञान पाने के लिए प्रार्थना उठती है। फलस्वरूप उसके जीवन में गुरु आते हैं, जो उसे सत्य का मार्ग और उसे पाने की शर्त अर्थात पात्रता से अवगत कराते हैं।

यहाँ ऋषि विश्वामित्र श्रीराम और सीता को मिलाने के लिए निमित्त बने।

अध्याय ७

प्रज्ञावान राम

सियाराम की बनी जोड़ी

'राम' वह अनुभव है जो हर मनुष्य के अपने होने का एहसास (तेजस्थान) है और 'सीता' सत्य की समझ हैं। सत्य की समझ के बिना अनुभव होते हुए भी न होने के बराबर है।

सीता, मिथिला नगरी की राजकुमारी थीं। वे राजा जनक की पुत्री थीं। सीता रूप और गुणों की खान थीं। राजा जनक ने सीता के लिए योग्य वर की तलाश हेतु स्वयंवर रचा था। कई साल पहले राजा जनक को एक शिव धनुष मिला था। यह शिव धनुष इतना भारी था कि कोई इसे टस-से-मस नहीं कर सकता था।

अतः राजा जनक ने सीता स्वयंवर की यह शर्त रखी कि 'जो पुरुष इस शिव धनुष को उठाकर, उस पर प्रत्यंचा चढ़ाकर उसे भंग कर देगा, उसी से राजकुमारी सीता का विवाह होगा।'

स्वयंवर में भाग लेने हेतु एक से एक बलशाली, शूरवीर राजाओं, राजकुमारों, योद्धाओं को आमंत्रित किया गया था। रावण भी इस स्वयंवर में उपस्थित हुआ। इस मंगल समारोह को देखने के लिए राजा जनक ने गुरु विश्वामित्र को अतिथि के रूप में आमंत्रित किया था। इसीलिए विश्वामित्र राम-लक्ष्मण को संग लेकर वहाँ आए थे।

शर्त की उद्घोषणा अनुसार स्वयंवर शुरू हुआ। वहाँ उपस्थित प्रत्येक प्रतियोगी मन में अपने बल का घमंड कर सोच रहा था कि 'राजा ने कितनी आसान शर्त रखी है, मेरे जैसे बलशाली के लिए धनुष उठाकर तोड़ना कोई बड़ी बात नहीं...।'

इस स्वयंवर में रावण ने भी सीता को पाने की कोशिश की लेकिन उसके अंदर बहुत अहंकार था। शिव धनुष देखकर रावण ने कहा, 'यह तो मैं एक ही हाथ से उठाऊँगा।'

अहंकार के वशीभूत रावण ने धनुष को एक हाथ से उठाने की कोशिश की मगर वह दोनों हाथों से भी धनुष को नहीं उठा पाया। वहाँ रावण की बहुत फजीहत हुई, वह बहुत क्रोधित हुआ। अहंकार के कारण ही इंसान सत्य से दूर हो जाता है। यह अहंकार मिटना चाहिए, रावण को पराजित होना चाहिए तब ही सीता प्रकट होती है, सत्य मिलता है। तब ही अनुभव और सत्य का मिलन होता है।

सभी प्रतियोगियों को विफल हुआ देख राजा जनक को बड़ी निराशा हुई। इसके बाद विश्वामित्र उठे और उन्होंने राजा जनक से निवेदन किया, 'राजन, यद्यपि हम यहाँ हैं, फिर भी यदि आप उचित समझें तो अयोध्या नरेश दशरथ के बड़े पुत्र और मेरे शिष्य राम को स्वयंवर में भाग लेने का अवसर दें... मुझे पूर्ण विश्वास है कि आपको निराशा नहीं होगी।' विश्वामित्र के विश्वासभरे विनम्र वचनों को सुनकर राजा जनक के मन में कुछ आशा बँधी। उन्होंने श्रीराम को सहर्ष अनुमति दे दी। राजा जनक की स्वीकृति और गुरु विश्वामित्र की आज्ञा पाकर राम आसन से उठे और धनुष के निकट पहुँचे और उसे आसानी से उठा लिया और फिर उसे तोड़ दिया।

यह रामकथा का बहुत सुंदर प्रसंग है कि धनुष तोड़ने से पूर्व राम ने उसका आदर किया, उसे प्रणाम किया। इसे ही 'पात्रता' कहा जाता है, जहाँ पर हर छोटी आज्ञा का सही ढंग से पालन होता है। धनुष को आदर देकर, उन्होंने भरी सभा में अपनी प्रज्ञा को दर्शाया। यह गुण हमें श्रीराम से सीखना चाहिए।

इस तरह राम ने स्वयंवर की शर्त पूर्ण की। इस स्वयंवर में राम और सीता का विवाह हुआ।

'राम' वह अनुभव है जो हर मनुष्य के अपने होने का एहसास (तेजस्थान) है और 'सीता' राम की शक्ति हैं, सत्य की समझ हैं। सत्य की समझ के बिना अनुभव होते हुए भी न होने के बराबर है। रावण भी चाहता था कि सीता (सत्य) उसे मिले। यहाँ रावण मन का प्रतीक है। मन तो चाहता ही है कि उसे सत्य मिले मगर मन को कहा जाता है कि 'तुम्हें सत्य नहीं मिलनेवाला है क्योंकि तुम्हारी वजह से ही तो सत्य छिपा हुआ है, घूँघट में है। जब तुम हटोगे, तब ही सत्य प्रकट होगा।' यह वही बात हुई कि चश्मा कह रहा है कि 'मैं आँख को देखूँ' तो वह आँख को कैसे देख पाएगा!?

जब सियाराम अर्थात समझ (सिया) और अनुभव (राम) परस्पर जुड़ते हैं, तब जो सोया हुआ राम है, 'आ राम' हो जाता है यानी आ जाता है। राम, जो वनवास चले गए थे, वापस आ जाते हैं। आया हुआ राम मन को आराम देता है। आराम मिलते ही मन दुनिया के सारे तनाव भूल जाता है।

राम-सीता, राधा-कृष्ण, शिव-पार्वती या लक्ष्मी-नारायण की जोड़ी किस बात की ओर इशारा करती है? ये सब जोड़ियाँ बनाने के पीछे असली अर्थ क्या है? शिव-शक्ति यानी क्या? मूलरूप से ये सभी जोड़ियाँ एक ही बात की ओर इशारा करती हैं। शिव की शक्ति का रूप पार्वती है। उसी शक्ति का स्वरूप यह संसार है। शिव का सार है यह संसार... ईश्वर की इच्छा से निकला हुआ है यह संसार... राम में ही रम रहा है यह संसार!

सियाराम की जोड़ी भी सत्य और अनुभव की जोड़ी है। यह जोड़ी हमारे भीतर बननी चाहिए ताकि शरीर द्वारा उच्चतम अभिव्यक्ति हो पाए। जैसे बिना आराम के शरीर बेचैन रहता है, वैसे ही बिना राम के मन व्याकुल हो जाता है। मन को राम कब मिलेंगे? यह तब होगा जब सत्य की समझ (सीता) अनुभव (राम) के साथ ब्याही जाएगी। इस तरह यदि समझ मिले तो १४ वर्ष १४ मिनटों में खत्म हो सकते हैं।

श्रीराम और श्रीकृष्ण अवतार

अध्याय ८

विनम्र राम

ऋषि परशुराम से मुलाकात

जब सत्य (राम) की समझ नहीं होती है,
तब वरदान भी अभिशाप बनते हैं।

सीता स्वयंवर में शिव धनुष टूटने पर शिव के परम भक्त महान ऋषि परशुराम द्वारा किया गया क्रोध और उस पर श्रीराम और लक्ष्मण की अलग-अलग प्रतिक्रियाएँ हमें बड़ी सीख देती हैं।

जैसे ही शिव धनुष टूटने की खबर ऋषि परशुराम तक पहुँची, वे अत्यंत क्रोध में आ गए। ऋषि परशुराम शिव के परम भक्त थे। वे अपने पराक्रम और क्रोध के कारण जग प्रसिद्ध थे। वे केवल जप-तप करनेवाले साधारण ऋषि नहीं बल्कि शस्त्र विद्या में भी निपुण थे। क्षत्रियों से नाराज़ होने पर उन्होंने अनेक बार पृथ्वी को क्षत्रियों से खाली कर दिया था। अर्थात सभी क्षत्रियों को मार दिया था इसलिए सभी उनके क्रोध से भयभीत रहते थे। परशुराम की दृष्टि में शिव धनुष को भंग करने का कृत्य भगवान शिव का घोर अपमान था। जब उन्होंने शिव धनुष को टूटा हुआ देखा तो वे गरजते हुए बोले, 'जिस किसी ने भी यह महान शिव धनुष तोड़ने की दुष्टता की है वह मेरे सामने आए, वह मेरा शत्रु हो गया है। मैं

उसे अपने फरसे से उचित दंड दूँगा। यदि वह सामने नहीं आया तो उसके साथ-साथ यहाँ उपस्थित समस्त राजा मारे जाएँगे।'

ऋषि परशुराम के कठोर वचनों को सुनकर और माहौल को बिगड़ता देख श्रीराम विनम्रता से बोले, 'प्रभु, शिव धनुष तोड़ने की शक्ति और किसी में कहाँ है, ऐसा करनेवाला आपका ही कोई दास होगा।' यह सुनकर परशुराम कहने लगे, 'यह पाप कर्म किसी दास का नहीं बल्कि शत्रु का है, जिस किसी ने भी यह किया है, उसे मैं जीवित नहीं छोड़ूँगा।'

यह सुनकर लक्ष्मण भी ताव में आ गए। उन्होंने पलटकर जवाब दिया, 'आप इस एक धनुष के टूटने पर क्यों उग्र हो रहे हैं, जो रघुवंशी के छूते ही टूट गया। हमने तो बचपन में ही खेल-खेल में न जाने कितने धनुष तोड़ डाले हैं, इसमें कौन सी बड़ी बात है।' यह सुनकर परशुराम का क्रोध सातवें आसमान पर पहुँच गया और वे चिल्लाए, 'मूर्ख, लगता है तू मेरे बल और प्रताप से परिचित नहीं, तभी ऐसी बातें कर रहा है... मैंने अनेक बार इस फरसे से पृथ्वी को क्षत्रिय विहीन किया है...तुझे अब तक बालक समझकर छोड़ा हुआ है...।'

स्थिति को बिगड़ता देख श्रीराम ने लक्ष्मण को आँखों के इशारे से चुप किया और बात संभाली। उन्होंने परशुराम से झुककर नम्र निवेदन किया, 'प्रभु, आप तो महाज्ञानी और क्षमावान हैं, कृपया इस बालक के दोष को क्षमा कीजिए। आपका वास्तविक अपराधी मैं हूँ। राजा जनक के निवेदन पर और गुरु आज्ञा के पालन हेतु मैंने ही यह शिव धनुष भंग किया है। इससे आपकी भावनाओं को इतना कष्ट हुआ इसके लिए मैं क्षमाप्रार्थी हूँ... आप मुझे जो भी दंड देना चाहते हैं, उसे मैं सहर्ष स्वीकार करता हूँ। कृपया मेरे बालक समान भाई पर क्रोध न करें।' श्रीराम के शीतल और कोमल वचनों को सुनकर परशुराम थोड़ा संयत हुए और कहने लगे, 'निश्चित ही तू ये सब अपने दुष्ट भाई को बचाने के लिए कह रहा है। मुझे तो तेरे जैसे साधारण दिखनेवाले किशोर में ऐसी कोई योग्यता नज़र नहीं आती कि तू इस महान शिव धनुष को हिला भी सके...। यह

या तो तेरा अहंकार है कि तू स्वयं को बड़ा शक्तिशाली समझ रहा है या फिर मुझे मूर्ख समझकर मेरा निरादर कर रहा है।'

इस पर सर्व शक्तिशाली श्रीराम ने विनम्रता की सारी सीमा पार करते हुए हाथ जोड़कर कहा, 'प्रभु, मुझमें ऐसा क्या है जो मैं घमंड करूँ। आपके सामने तो मेरी योग्यता तिनके के बराबर भी नहीं... मैं तो सिर्फ राम हूँ और आप परशुराम हैं। कर्म ही नहीं बल्कि नाम में भी आप मुझसे बहुत बड़े हैं। धनुष तोड़ने में मेरी तनिक भी बड़ाई नहीं है क्योंकि यह तो मेरे छूते ही टूट गया...।' श्रीराम के विनम्र वचनों ने परशुराम पर असर तो डाला, उनका क्रोध भी शांत हुआ मगर वे अभी भी राम को देखकर मानने को तैयार नहीं थे कि यह साधारण सा दिखनेवाला लड़का शिव धनुष तोड़ सकता है। अतः परशुराम ने श्रीराम के आगे चुनौती पेश की कि 'यदि तुम इस विष्णु धनुष को उठाकर इस पर प्रत्यंचा चढ़ाकर बाण साध लोगे तो मैं विश्वास कर लूँगा कि तुम्हीं ने शिव धनुष तोड़ा है। फिर मैं यहाँ से चुपचाप चला जाऊँगा।'

इस पर श्रीराम ने बिना किसी अहंकार के सहज स्वभाव से विष्णु धनुष को उठाया, उस पर प्रत्यंचा चढ़ाई और उस पर दिव्य बाण साध लिया। जब श्रीराम ने वह बाण चलाया तो उसने परशुराम का समस्त क्रोध हर लिया। साथ ही उन सभी लोकों को भी जीत लिया, जो परशुराम ने अपने तपोबल से जीते थे। फिर वह बाण वापस श्रीराम के पास आ गया। आशा के विपरीत ऐसा चमत्कारिक दृश्य देखकर परशुराम आश्चर्यचकित रह गए। उन्हें श्रीराम के बल और गुणों पर विश्वास हो गया। उन्हें श्रीराम की वास्तविक पहचान हो गई। पहचान होते ही उनका सारा क्रोध खत्म हो गया। हृदय आनंद, प्रेम और भक्ति से भर गया और इसी आनंदित अवस्था में वे वहाँ से अपने आश्रम चले गए।

इस प्रसंग में श्रीराम ने हमें 'विनम्रता की शक्ति' दिखाई है। क्रोधित व्यक्ति के आगे भी बिना विचिलित हुए, विनम्रता से प्रतिसाद कैसे दिया जा सकता है, यह हमने सीखा। श्रीराम का यह गुण भी उल्लेखनीय है।

अध्याय ९

संयमशील राम

दशरथ के वचन और मंथरा की जीत

इंद्रियों की इच्छा पूरी करने के रास्ते पर तृप्ति है ही नहीं।
यह बात जितनी जल्दी समझ में आ जाए,
उतनी जल्दी आप मुक्ति का रास्ता पकड़ सकते हैं।

सियाराम के विवाह उपरांत जब वे महल लौटे को पूरी अयोध्या में त्योहार सा वातावरण छा गया। सीता के साथ उसकी तीनों बहनों का विवाह, श्रीराम के तीनों भाइयों के साथ संपन्न हुआ था। सभी राजकुमार अपनी नववधुओं के साथ अयोध्या पधारे थे।

राजा दशरथ को लगा कि अब उन्होंने अपने सारे दायित्व पूरे कर लिए हैं इसलिए अब राम का राजतिलक कर उन्हें अपनी राजगद्दी राम को सौंप देनी चाहिए।

रामकथा के इस महत्वपूर्ण प्रसंग 'राजतिलक' में पात्रों द्वारा मूल बातों को बताया गया है कि कैसे मन (मुहल्लेवाले, तोलू मन) जाग्रत होता है, जो बीच में आकर इंसान के कान भरता है।

रामकथा के इस प्रसंग में मंथरा, जो कि कैकेयी की दासी थी, उसने कैकेयी को भड़काया कि 'राम के राजा बनने पर तुम दासी बनकर

जीओगी, तुम्हारा पुत्र भरत गुलाम बनकर रह जाएगा, कौशल्या राजमाता बन जाएगी, यह सब राम और कौशल्या का षडयंत्र है।'

यह सुनकर कैकेयी के मन में शंका उत्पन्न होने लगी। अपने बेटे का राजा बनना किस माँ को अच्छा नहीं लगता? इस तरह मंथरा अपनी चिकनी-चुपड़ी, तर्कपूर्ण बातें बताकर, कैकेयी के कान में ज़हर उड़ेलती रही और उसके प्रभाव से धीरे-धीरे कैकेयी की बुद्धि भी भ्रष्ट होने लगी।

इसके बाद कैकेयी ने अपना विरोध और नाराज़गी दिखाने हेतु कोपभवन में जाकर, अपने गहने उतारकर फेंक दिए। राजा दशरथ को जब इस बात का पता चला तो उन्होंने वहाँ आकर कैकेयी से इस नाराज़गी का कारण पूछा। काफी समय तक दुःखी और नाराज़ होने का नाटक करने के बाद उसने राजा को अपने दो वरदानों की बात याद दिलाई। दशरथ ने कहा, 'मैं रघुवंशी हूँ, भले ही प्राण चले जाएँ पर वचन नहीं जाएगा।' राजा के वचनों से आश्वस्त होकर कैकेयी ने माँग की कि 'पहला वरदान, मेरे भरत का राज्याभिषेक और दूसरा वरदान, राम को चौदह वर्ष का वनवास।'

यह सुनकर राजा दशरथ के सिर पर तो जैसे आकाश टूट पड़ा। उन्हें न चाहते हुए भी बड़े ही दुःखी मन से कैकेयी को वरदान देने पड़े। जब श्रीराम को इस बात का पता चला तो उन्होंने बड़े ही अकंप मन और शांत स्वभाव से दोनों वरदानों को स्वीकार किया। अनेकों तर्क देकर लक्ष्मण तथा सीता भी श्रीराम के साथ वन में जाने के लिए तैयार हो गए। आखिर में सभी लोगों को प्रणाम कर राम, सीता और लक्ष्मण वन में जाने के लिए निकल पड़े। राजा दशरथ अपने बेटे का वियोग सहन न कर सके और उन्होंने अपने प्राण त्याग दिए। श्रीराम के जाने के बाद न सिर्फ राजमहल बल्कि पूरी अयोध्या ही सूनी हो गई।

राम को वनवास भेजना अपने पाँव पर कुल्हाड़ी मारने के बराबर है। जब सत्य (राम) की समझ नहीं होती है, तब वरदान भी अभिशाप

बनते हैं। जब सत्य (राम) की समझ जागृत होती है, तब अभिशाप भी वरदान बनते हैं।

तोलू मन के विचार

कैकेयी के रूप में नज़दीकी मुहल्लेवाले आए और दशरथ ने राम को वनवास दे दिया। इसका अर्थ समझें : मुहल्लेवाले यानी तोलू मन में आनेवाले वे विचार जो आकर यह कहते हैं कि 'क्या होगा सत्य पाकर? इतने लोगों को नहीं मिला फिर भी उनका जीवन तो चल ही रहा है। सभी को थोड़े ही मोक्ष प्राप्त होता है? इसके बिना भी तो जीवन चल रहा है, फिर इसकी ज़रूरत ही क्या है?' ऐसे लोगों को बताया जाता है कि जब कंप्यूटर नहीं थे, तब आपको कोई कहता कि 'बिना कंप्यूटर के भी जीवन चल रहा है तो कंप्यूटर की ज़रूरत ही क्यों है?' उस वक्त सभी ने मान लिया होता कि बिना कंप्यूटर के भी जीवन चल रहा है। मगर अब जब कंप्यूटर आ गए हैं, यदि अब लोगों से पूछें कि 'बिना कंप्यूटर के जीवन कैसा लगता है?' तो वे कहेंगे कि इसके आने से अधिक आसानी व सुविधा हो गई है। वैसे ही 'राम' आने के बाद अपने आपसे पूछें कि 'राम' नहीं होते तो आपका जीवन कैसा होता? उसके आने के बाद ही आप 'राम' की कीमत समझ पाते हैं।

जब आप 'दशरथ' शब्द सुनते हैं तो इसका क्या अर्थ आपके सामने आता है? 'दशरथ' का अर्थ है शरीर और 'राम' है इसका संचालक। इस शरीर में 'रमने' वाला अनुभव ही राम है। दरअसल मानव शरीर 'दशरथ' है। अर्थात दस इंद्रियाँ रूपी अश्वों का रथ। इस रथ के दस अश्व हैं- दो कान, दो आँखें, एक नाक, एक ज़ुबान, एक (संपूर्ण) त्वचा, एक मन, एक बुद्धि और एक प्राण। इस दशरथ का सारथी है, राम।

यदि कोई राम (अनुभव) से बिछड़ जाए तो क्या होता है, यह रामायण में बताया गया है। जब राम से दशरथ बिछड़ जाते हैं, तब दशरथ की मृत्यु होती है। बिना राम के शरीर उद्देश्यहीन है। जैसे बिना बैटरी

के रेडियो का कोई उपयोग नहीं होता, उसी तरह बिना राम के शरीर का भी कोई उपयोग नहीं। लोग कहानियाँ तो पढ़ते हैं मगर कभी यह नहीं सोचते कि इनमें ऐसे ही नाम क्यों रखे गए हैं? राम, दशरथ जैसे ही नाम क्यों रखे गए हैं? ...और दशरथ कब मर गए थे? किस मूल गलती के बाद राम और दशरथ का वियोग हुआ था? राम और दशरथ का तो योग होना चाहिए मगर वियोग हो गया।

मूल गलती के बाद तो बिछड़ना ही बिछड़ना है। जब मूल गलती सुधर जाती है, तब लव-कुश पैदा होते हैं। लव का अर्थ है 'प्रेम' और कुश का अर्थ है 'कुशलता'। लोग एक-दूसरे से मिलने पर पूछते हैं कि 'सब कुशल-मंगल तो है? संतोष तो है?' मगर यह भूल जाते हैं कि वियोग होगा तो संतोष कैसे होगा? प्रेम कैसे होगा? यह तो हो ही नहीं सकता।

अध्याय १०

आदर्श पति राम

अनुभव और सत्य का वियोग

जहाँ हारकर भी जीत होती है, वहाँ राम राज्य है।
जहाँ जीतकर भी हार हो, वह रावण राज्य है।

रामायण की एक घटना, जिसने रामायण में एक नया मोड़ लाया, वह थी सीता हरण की घटना। आप जानते हैं कि कैसे स्वर्ण मृग को देखकर सीता ने राम से कहा कि 'मुझे वह स्वर्ण मृग लाकर दो'। एक आदर्श पति की भूमिका निभाते हुए श्रीराम स्वर्ण मृग के पीछे-पीछे चले गए।

यह जाल रावण द्वारा बिछाया गया था। मौका पाते ही रावण ने सीता को छल से लक्ष्मण रेखा के बाहर आने के लिए कहा। जैसे ही सीता ने लक्ष्मण रेखा पार की, वैसे ही रावण ने उसका हरण कर लिया।

इस घटना पर आंतरिक रूप से मनन करें कि हम अपने जीवन में राम को कहाँ भगा रहे हैं? कहीं हम उसे माया के पीछे तो नहीं भगा रहे?

कहानी में सीता द्वारा की गई स्वर्ण मृग की माँग को पढ़कर लगेगा कि स्त्री को सोने का लालच होगा, इसी वजह से कहा गया ...मगर इस कहानी के पीछे भी कारण है। जब राम वहाँ से गए तब रावण आया और

राम-सीता अलग हुए। यहाँ सेल्फ की लीला दर्शाई गई है। हम सेल्फ से बिछड़ गए हैं, अब हमें उससे फिर मिलना है। यही लीला पृथ्वी पर खेली जा रही है। हम बचपन में स्वअनुभव में थे ही, फिर उससे बिछड़ गए, अब उसे वापस पाना है। राम से सीता बिछड़ गई ताकि उससे वापस मिल पाए। इसी से असली आनंद प्राप्त होगा।

राम और सीता फिर से मिलें, शिव और शक्ति फिर से मिलें, राधा और कृष्ण फिर से मिलें, नारायण और नारायणी (लक्ष्मी) फिर से मिलें तो यही आध्यात्मिक जीवन का अंतिम लक्ष्य है। यह कोई बाहर की क्रिया नहीं है, सब हमारे अंदर ही है।

जैसे ही स्वर्ण मृग की पुकार हुई तो राम बाहर गए यानी चेतना लुप्त हुई। हमारी सारी इंद्रियों - आँख, कान, नाक, ज़ुबान के लिए स्वर्ण मृग क्या है? हर एक का अपना-अपना स्वाद है। बाहर के स्वादों में नाक के लिए सुगंध स्वर्ण मृग है, ज़ुबान के लिए स्वादिष्ट खाना, आँखों के लिए बाहर का रूप और संगीत स्वर्ण मृग है कानों के लिए। इन इंद्रियों में जब राम (सेल्फ) उलझ जाता है, तब रावण का आगमन होता है। रावण यानी तोलू मन। पुकार जब बाहर की होती है, तब वह असत्य की पुकार होती है। पुकार जब अंदर की होती है, तब वह सत्य की पुकार होती है।

कथा में आगे किस तरह रावण की वजह से सीता राम से बिछड़ी, यह बताया गया है। तोलू मन की वजह से अनुभव सत्य से अलग हुआ। हालाँकि लक्ष्मण साथ में थे, लक्ष्मण रेखा भी खींची गई थी और आज्ञा दी गई थी कि इसके बाहर नहीं जाना है। लक्ष्मण रेखा कुटिया के चारों तरफ खींची गई थी। सीता ने कहा था, 'बिलकुल नहीं जाऊँगी।' मगर फिर भी वह रावण की बातों में आ गईं। रावण भेस बदलकर आया, इसका अर्थ है कि जब भी वृत्तियाँ, आदतें और मान्यताएँ आएँगी तो भेस बदलकर ही आएँगी। उन्हें देखकर लगेगा नहीं कि इनसे कुछ गलत होगा। तब ऐसा लगेगा कि छोटे-छोटे पैटर्न्स, छोटी-छोटी मान्यताएँ क्या करेंगी? स्वर्ण मृग (मोह) दिखलाकर साधु के रूप में तोलू मन भेस बदलकर

आता है, तब आप उसे पहचान नहीं पाते क्योंकि पूरा प्रशिक्षण नहीं मिला है और पहचान नहीं हुई है। इसीलिए तोलू मन आपको सत्य से दूर ले जाने में कामयाब होता है और आपका अनुभव से वियोग हो जाता है।

यह वियोग समाप्त कैसे हो? इसी पर गुरु मार्गदर्शन देते हैं। वे आपकी पहचान सत्य से करवाते हैं और स्वअनुभव तक की यात्रा आपसे करवाते हैं।

अध्याय ११

राम नाम का सेतू

भीतर के रावण को पहचानें

रामराज्य में जीवन बिताना है तो सिर्फ अपने काम ही नहीं अपने आपको भी राम को सौंप दें।

सीता को रावण की कैद से मुक्त कराने के लिए राम ने अथक प्रयास किए, उन्होंने वानर सेना का सहारा लिया और लंका तक पहुँचने के लिए समुद्र पर पत्थरों से सेतु का निर्माण करवाया।

जब राम के भरोसे, राम के नाम पर विश्वास से, सत्य के आशीर्वाद से कोई काम शुरू किया जाता है तब साँप भी सीढ़ी बनता है, पत्थर भी पुल बनता है। विशालकाय पत्थर, जिन्हें हिलाना भी असंभव जान पड़ता था, उन पर जब राम का नाम लिखा गया तब उनमें भी जान आ गई, वे भी तैरने लगे। पत्थर पानी में तैरेंगे, साँप सीढ़ी बनेगा ऐसा लगता नहीं है मगर जब पत्थरों पर 'राम' लिखा गया यानी जब राम का संदेश पढ़ा गया तब वह काम पूरा हुआ, पुल बना।

सत्य श्रवण से मौन की तरफ, मनन का पुल बनना चाहिए। सत्य श्रवण से शुरुआत होती है, मौन पर मंजिल मिलती है। श्रवण और मौन के बीच में मनन है। मनन का पुल बनेगा तो लंका (माया) समाप्त होगी। इंसान

के भीतर उसी लंका को समाप्त करने के लिए यह सब मनन चल रहा है।

असंभव नहीं, अहंकार का अंत

लंकापति रावण से युद्ध करके राम ने पृथ्वी को राक्षसों से मुक्त किया। राक्षसों (विकारों) का राजा (अहंकार) जब मरता है तब रामलीला अपनी उच्च अभिव्यक्ति में चल रही होती है। रावण प्रतीक है उस अहंकार का जो हमारे अंदर है। उसके दस चेहरे हमारे अंदर काम कर रहे हैं। हमारे अंदर ही यह तुलना करनेवाला, अच्छे-बुरे का लेबल लगानेवाला, हर घटना में यह अच्छा हुआ, बुरा हुआ, बतानेवाला मन है। अच्छा हुआ तो उसमें भी ज्यादा अच्छा हुआ कि कम अच्छा हुआ... बुरा हुआ तो उसमें भी ज्यादा बुरा हुआ कि कम बुरा हुआ... यह मन इस तरह की तुलना किए ही जा रहा है।

दस सिरवाला रावण कौन है? दशानन कौन है? एक तुलना करनेवाला रूप, एक गुस्सा करनेवाला रूप, एक बोर होनेवाला रूप, एक डर का रूप, एक अहंकार का रूप, एक लालच का रूप, एक ईर्ष्या का रूप, एक नफरत का रूप, एक वासना का रूप, एक निराशा का रूप; यह दस आंतरिक रूप मिलाकर रावण के दस चेहरे दिखाए गए हैं।

रावण में 'रा' राक्षस के लिए कहा गया है और 'वन' जंगल के लिए कहा गया है। सभी राक्षस, सभी विकार, एक साथ दिखाने के लिए रावण के दस चेहरे दिखाए गए हैं। ऐसे रावण के सभी चेहरे हमें अपने भीतर एक साथ देखने हैं, पहचान लेने हैं और फिर रावण की नाभि पर प्रहार करना है।

मोटी गरदन अहंकार की

राक्षसों के साथ, असुरों के साथ संघर्ष होता ही आया है। कारण यह है कि असुरों के साथ सुर कभी भी ठीक से नहीं बैठता। उन्हें मारने से ही सुर ठीक होता है, ताल ठीक होती है। अहंकार मन का सबसे बड़ा रूप है, रावण के दस चेहरों में से यह बीच का चेहरा है। अहंकार की

गरदन ही बीच में आती है, यह गरदन कटना सबसे ज्यादा महत्त्वपूर्ण है। हर इंसान के अंदर अहंकार है, जिस कारण उसे छोटी-छोटी बातों पर तकलीफ होती है, दुःख होता है। किसी ने कुछ कह दिया तो वह घंटों सोचता रहता है कि कोई मेरे बारे में ऐसा न सोचे क्योंकि उसे अपनी छवि का खयाल होता है। इसके पीछे क्या कारण है, उसने देखना आवश्यक है। असल में ऐसा करके इंसान रावण को बचाना चाहता है पर उसे यह दिखाई नहीं देता।

इसे एक उदाहरण से समझें। एक इंसान का पाँच रुपए का नोट कीचड़ में गिर जाता है तो वह कीचड़ में सौ रुपए का नोट भी डाल देता है और फिर कीचड़ में जाकर दोनों नोट लेकर आता है। वह ऐसा इसलिए करता है क्योंकि सिर्फ पाँच रुपए के नोट के लिए कीचड़ में जाते हुए यदि किसी ने देख लिया तो कोई क्या सोचेगा! मगर अभी कोई देखेगा तो वह यह कह सकता है कि 'एक सौ पाँच रुपए थे, ज्यादा थे इसलिए मैं कीचड़ में उतरा।' इस तरह हर एक की अपने बारे में एक प्रतिमा होती है।, आत्मछवि होती है। इंसान इस आत्मछवि को बचाने के लिए जिंदगीभर प्रयास करता है और असफल रहता है।

अपने जीवन में देखिए कि हम क्या कर रहे हैं। जब हम अपने नाजुक अहंकार को बचा रहे हैं तब यह देखें कि 'मैं किसे बचा रहा हूँ? रावण के किस चेहरे को बचा रहा हूँ? उसे बचाकर क्या मिलनेवाला है?' उसे अगर आप सँभालेंगे तो विजयादशमी, दीपावली कभी भी मना नहीं पाएँगे। वाकई दीपावली, विजयादशमी मनाना चाहते हैं तो इस रावण को सामने लाकर उसका वध समझ के साथ करना होगा।

रावण वध के लिए अपने मन के सभी रूप देखें, पर हकीकत में तो एक ही राक्षस है 'मन'। इसी के लिए सारे रूप बनाए गए हैं। आपके भीतर जो प्रबल है उस पर काम किया जाना चाहिए। अहंकार बीच में है, उसे गिराया जाना चाहिए। उसे गिराने के लिए ही आपके भीतर के राम को जागृत किया जाता है।

अध्याय १२

राम को कैसे जागृत किया जाए

श्रवण का महत्व

विचारों की गति जीवन को दुर्गति की तरफ ले जाए,
इससे पहले ही सजग होकर विचारों को सही दिशा में मोड़ें।

लंका और श्रीराम की सेना के बीच युद्ध का शंखनाद हो चुका था। रावण द्वारा भेजे गए कई पराक्रमी राक्षसों को भी श्रीराम की वानरसेना ने मृत्यु दे दी। अंत में रावण और श्रीराम का युद्ध हुआ। रावण का भाई विभीक्षण, जो कि विष्णु भक्त था, उसने श्रीराम को रावण की मृत्यु का रहस्य बताया। श्रीराम ने रावण की नाभी पर तीर मारकर उसे मुक्ति दे दी।

रावण की मृत्यु के बाद सियाराम फिर से एक हो गए। उनका वियोग, योग में बदल गया।

राम के साथ जब सीता (सत्य समझ) जुड़ती है, तब राम जाग्रत होते हैं, प्रकट होते हैं। अन्यथा हम सत्य के नाम पर कुछ और ही सुनते हैं। सत्य के बारे में सुनते हैं तो लगता है कि इस जन्म में आत्मसाक्षात्कार नहीं होगा। लोगों को लगता है कि इस वियोग से मुक्ति के लिए सात जन्म और लगेंगे। ऐसी मान्यताएँ टूटनी चाहिए क्योंकि यह के.जी. के अध्यात्म की वजह से बनी हैं। यदि आप सोच रहे हैं कि आत्मसाक्षात्कार

प्राप्त करने में सात जन्म लगेंगे तो यह क्यों नहीं सोच रहे हैं कि शायद यही सातवाँ जन्म है!

सत्य के बारे में नहीं बल्कि असली सत्य, सीधा सत्य ही सुनेंगे तो यह बहुत आसान लगेगा। सत्य के बारे में तो लोग बहुत कहानियाँ बताएँगे, कल्पनाएँ देंगे और हम उन कहानियों को ही सब कुछ मानकर उन्हें दोहराते रहेंगे। कहानियाँ बतानेवाले यहाँ तक भी बताएँगे कि अगले जन्म में आप यह बनेंगे, वह बनेंगे। यह वैसे ही है कि एक इंसान को डायबिटीज (मधुमेह) की बीमारी है लेकिन उसकी मीठा खाने की इच्छा खत्म नहीं हो रही है। उसे बताया जाता है कि आप अगले जन्म में चींटी बननेवाले हैं क्योंकि मरते वक्त आपको मीठा खाने का ही ख्याल आएगा। ऐसा होता ही है। मधुमेह का रोगी जिंदगीभर स्वास्थ्य की चिंता में मीठा नहीं खाता मगर अंतिम समय में वह यह सोचकर कि 'अब मैं मर ही रहा हूँ तो क्यों न मीठा खाकर मरूँ...'...मिठास में अटक जाता है। इसका अर्थ अंतिम समय में उसका ध्यान मीठे पदार्थों में ही रहनेवाला है। डर की वजह से मीठा नहीं खा रहे थे मगर अब जब मृत्यु होने ही वाली है तो क्यों न मीठा खाकर मरें, क्यों न इच्छा पूर्ण करें। ऐसे इंसान से जब कहा गया कि आप अगले जन्म में चींटी बनेंगे तो वह मीठा खाने से बचेगा। मगर यह 'के.जी.' का जवाब है। इंसान डर की वजह से नियमों का पालन करेगा, न कि समझ की वजह से। कोई भी कार्य न नरक के डर की वजह से हो और न ही स्वर्ग के लालच की वजह से हो। हर कार्य समझ (अंडरस्टैण्डिंग) से किया जाए। यह समझ सत्य प्राप्त करने के बाद मिलती है। सत्य– जिसके मिलते ही राम प्रकट होते हैं वरना राम वनवास में ही रहते हैं।

हमारे जीवन में भी राम प्रकट हो जाएँ। श्रवण के द्वारा हम सभी मान्यताओं को तोड़ पाएँ क्योंकि 'सत्य' श्रवण के द्वारा मिलनेवाला है।

श्रवण का महत्त्व

एक बार कुछ लोग पिकनिक पर गए। रात में वे किसी धर्मशाला में रुके। उन्हें धर्मशाला में रखा हुआ कुछ बासी खाना खाने के लिए मिला क्योंकि वे वहाँ देरी से पहुँचे थे। वह खाना खाकर किसी ने कहा, 'शायद यह रखा हुआ बासी खाना है।' उस पिकनिक की पार्टी में उनके साथ एक कुत्ता भी था, उसे भी वह खाना दिया गया। सुबह उन्हें पता चला कि वह कुत्ता मर गया। अब यह सुनकर ही कुछ लोगों को उल्टियाँ शुरू हो गईं। कुछ देर के बाद समाचार आया कि कुत्ता गाड़ी के नीचे आकर मरा था। यह सुनते ही लोगों की उल्टियाँ बंद हो गईं।

सिर्फ यह मान लेने की वजह से कि वह खाना खाने से कुत्ता मरा इसलिए सबको उल्टियाँ शुरू हो गई थीं। यही मान्यता का खेल है।

इससे समझें कि मान्यता क्या कर सकती है और मान्यताओं को तोड़ने के लिए क्या करना चाहिए। मान्यताएँ तोड़ने के लिए सत्य श्रवण करना चाहिए। सिर्फ यह सुनते ही कि कुत्ता गाड़ी के नीचे आकर मरा, सच्चाई सामने आई तो रोग ठीक हो गया। सिर्फ सुनने की देरी थी और मान्यता समाप्त हो जाती है।

राम को प्राप्त करना है, जाग्रत करना है तो सत्य सुनना होगा। सत्य सुनते ही राम जाग्रत हो जाएँगे और आपका जीवन सफल होगा।

अध्याय १३

राजा राम का त्याग

मन की बातों में न आएँ

मन अपनी शक्तियों से आपको ऊपर खींचता है
और अपनी वृत्तियों से नीचे खींचता है।

सियाराम और लक्ष्मण जब १४ साल के वनवास के बाद वापस लौटे तो पूरी अयोध्या नगरी में त्योहार सा वातावरण था। परंतु इसी बीच एक धोबी था, जिसे सीता की पवित्रता पर शंका थी। उसने यह बात पूरी प्रजा में फैला दी। यहाँ पर श्रीराम की भूमिका राजा की थी। उन्हें सबसे पहले अपनी प्रजा के बारे में साचना था। इस बार श्रीराम ने बड़े भारी मन से सीता का परित्याग कर दिया। फिर एक बार सियाराम अलग हो गए।

रामराज्य में जब धोबी की बात पर लोग ध्यान देने लगते हैं तब राम और सीता (अनुभव और सत्य) फिर से बिछड़ जाते हैं। यदि आप अपने जीवन में रामराज्य चाहते हैं, जो पहले से ही चल रहा है तो कभी भी धोबी की बातों में आकर लव (प्रेम) और कुश (कुशलता) से दूर न हों। यहाँ धोबी का अर्थ कोई जाति या व्यवसाय विशेष नहीं, अफवाह फैलाने की मानसिकता है। कान का कच्चा होकर तिल का ताड़ बनाने की प्रवृत्ति है। इस प्रवृत्ति से बचें।

एक पुराना किस्सा है जिसमें धोबी के पास एक गधा, बंदर और बकरा होता है। जब धोबी मूँगफली लेकर आता है तब उसका बंदर अपने गले की रस्सी खोलकर मूँगफली खा लेता है और फिर बकरे की रस्सी खोल देता है। धोबी समझता है कि बकरे ने मूँगफली खाई है और बकरे को पीट देता है।

जिस तरह रामकथा में धोबी ने कहा, सीता रावण के साथ रही है इसलिए अब वह पवित्र नहीं है, उसी प्रकार इस धोबी ने अनुमान लगाया कि मूँगफली बकरा खा गया तो वह बकरे की पिटाई करता है।

इस उदाहरण में इंसान का शरीर बकरे का प्रतीक है और मन बंदर का प्रतीक है। इसका अर्थ है कि मन की बातों में आकर लोग शरीर को कष्ट देते हैं। लोग सत्य पाने के लिए अलग-अलग ध्यान विधियों में उलझकर शरीर को तपा रहे हैं, उपवास करके शरीर को परेशान कर रहे हैं। किंतु मन को 'समझ' देनी है।

जब शरीर को सही मात्रा में आराम और मन को राम मिलेगा तब की हमारा जीवन सुंदर बन पाएगा। जब हम ईश्वर पर सब कुछ छोड़ने लगते हैं, ईश्वर को जब सब समर्पित करने लगते हैं, तब जो शरीर को आराम मिलता है, हकीकत में वही आराम है, तब मन को राम मिल चुका है। आपके मन को राम मिल गया तो समझें आपका जीवन सफल हो गया।

राम अवतार के इस खण्ड में आपके प्रतीकों के रूप से संपूर्ण रामायण को समझा। साथ ही आपने यह भी जाना की 'राम' और 'सीता', अनुभव और सत्य के रूप में हमारे साथ ही हैं। ज़रूरत है केवल अनुभव को सत्य से मिलाने की। यह योग होते ही, आपका आनंद से कभी वियोग नहीं होगा।

आपका जीवन भी श्रवण द्वारा 'राममय' हो जाए, और जल्द से जल्द उसमें सत्य उतरे, यही शुभेच्छा है!

सीता की अग्निपरीक्षा की एक और कहानी
क्यों दी सीता ने अग्निपरीक्षा

जब भी जीवन खंडित है तब दुःख आना ही है। जीवन जब यज्ञ (अखण्ड) है तब आनंद प्रकट होना ही है।

श्रीराम का जीवन पढ़कर कई लोगों के मन में एक सवाल उठता है कि आखिर श्रीराम ने सीता की अग्निपरीक्षा क्यों ली?

इस संदर्भ में एक और कहानी प्रचलित है, जो इस प्रकार है...

ज्यूँकि राम विष्णु अवतार थे तो उन्हें ज्ञात था कि इस अवतार में आगे क्या होने जा रहा है। वे जानते थे कि रावण सीता का हरण करनेवाला है। इससे पहले कि रावण सीता तक पहुँचे, राम ने सीता से कहा कि वे अग्निदेव की शरण में चली जाएँ और अपनी परछाई को पीछे छोड़ जाएँ।

सीता ने ठीक वैसा ही किया जैसे राम ने उनसे कहा। वे अग्निदेव की शरण में चली गईं और उनकी जगह उनकी परछाई ने ले ली।

जैसे ही रावण आया तो उसने सीता की परछाई को ही असली सीता समझ लिया और उसका अपहरण कर लिया।

श्रीराम को आगे की लीला भी ज्ञात थी। रावण का अंत करने के लिए उन्होंने आगे की लीला खेली। वे सीता की खोज में निकले, संपूर्ण लंका को नष्ट किया, कई असुरों का वध किया, रावण से युद्ध किया और उसे भी समाप्त कर दिया।

रावण का अंत होने के बाद अब बारी थी असली सीता को अपने साथ वापस ले जाने की। असली सीता को वापस लाने के लिए अब सीता की अग्निपरीक्षा की लीला खेली गई। जैसे ही सीता की परछाई ने अग्नि में प्रवेश किया वैसे ही असली सीता अग्नि से बाहर आ गईं। फिर श्रीराम अपनी सीता को लेकर अयोध्या लौटे।

इस कहानी द्वारा यह दर्शाया गया है कि असली सीता को वापस लाने के लिए श्रीराम द्वारा अग्निपरीक्षा की लीला खेली गई। इससे यह स्पष्ट होता है कि अग्निपरीक्षा के पीछे का असली उद्देश्य क्या था।

अध्याय १५

राम और सीता का दूसरा वनवास

भक्त के गुण और कुर्बानी का रहस्य

मन साफ है तो ही इंद्रियों का सुख,
सुख है वरना वह माया का ज़ंजाल है।

सियाराम और लक्ष्मण जब अयोध्या लौटे तो चारों को खुशी का माहौल था। संपूर्ण प्रजा इतनी खुश थी कि सभी ने पूरी राज्य को दियों से सजा दिया था। चारों को दियों की रौशनी फैली हुई थी। आज तक इस दिन को दिवाली के रूप में मनाया जाता है।

सभी खुशी से वापस तो आ गए परंतु राज्य के कुछ लोगों के मन में सीता के प्रति असहमति थी। इसके लिए फिर एक लीला रची गई। यह लीला क्यों और कैसे रची गई... आइए जानते हैं।

अग्निपरीक्षा की घटना से असली सीता उस अग्नि से बाहर आ गई। परंतु इस घटना के बाद लोगों के मन में यह बात बैठ गई कि यदि किसी की शुद्धता जाँचनी है तो उसे अग्नि में डाल देना चाहिए, यह शुद्धतर जाँचने का सही पैमाना है। एक तरह से यह शुद्धता को जाँचने का मापदंड ही बन गया। कोई इंसान किसी स्त्री पर लांछन लगाएगा और कहेगा, 'सीता जैसी स्त्री ने अग्निपरीक्षा दी इसलिए तुम्हें भी सबूत देना

होगा कि तुम पवित्र हो। तुम्हें भी सीता की तरह अग्निपरीक्षा देनी होगी।' क्योंकि सीता की अग्निपरीक्षा के पीछे का रहस्य लोगों को मालूम ही नहीं है। शुद्धता को जाँचने के इस मापदंड पर प्रतिबंध न लगाया गया होता तो पता नहीं कितने युगों तक स्त्रियों को इस तरह अग्निपरीक्षा देनी पड़ती थी।

राजा राममोहन राय ने भी सती प्रथा को प्रतिबंद लगवाया वरना युगों-युगों तक यह प्रथा चलती रहती और स्त्री को अपने मृत पति के साथ चिता में जलना पड़ता। किसी कारणवश कुछ प्रथाएँ बनती हैं परंतु लोग उसका उपयोग अपने स्वार्थ के लिए करने लगते हैं। कुछ लोग उन कर्मकाण्डों का इस्तेमाल किसी की हत्या करने के लिए, अपनी भड़ास निकालने के लिए तथा बदला लेने के लिए भी कर सकते थे। इस तरह स्त्री जाति पर अत्याचार होता है।

रामायण में अग्निपरीक्षा की घटना तो हुई मगर इस घटना का लोगों पर जो दुष्प्रभाव होनेवाला था, जो एक तरह की बीमारी ही थी, इस बीमारी को श्रीराम और सीता दोनों ने भाँप लिया था। दोनों ने यह महसूस किया कि इस बीमारी का हमला हो रहा है तो इसका इलाज भी होना चाहिए। इसकी वजह से यह सारी लीला रची गई और सीता दूसरे वनवास के लिए चली गई। यह एक कुर्बानी थी।

कुर्बानी तो श्रीराम और सीता दोनों ने मिलकर दी लेकिन श्रीराम जानते थे कि सीता की कुर्बानी उनकी कुर्बानी से बड़ी है। हालाँकि श्रीराम को भी सीता से अलग रहना पड़ा। सीता के वनवास जाने के बाद उसकी याद में उन्होंने सीता की मूर्ति अपने पास रखी। श्रीराम के शरीर की जो भूमिका थी उस भूमिका के लिए उन्होंने कुर्बानी दी और सीता ने दूसरे वनवास के लिए जाना स्वीकार कर इसमें उनकी मदद की।

सीता की छाया तो पहले से ही शुद्ध थी, अलग थी, वह रावण के संपर्क में नहीं आई। मगर चूँकि लोगों के मन में यह बैठ गया था कि

अग्निपरीक्षा शुद्धता का सबूत है इसलिए इस चीज़ पर प्रतिबंध लगाया गया। फिर प्रजा की राय जानने के लिए उस समय अदालत रखी गई थी जिसमें सभी को इस घटना पर अपनी राय बताने का अधिकार दिया गया। यहाँ तक कि धोबी को भी अपनी बात कहने का अधिकार दिया गया। जिसमें लोगों ने अपने-अपने तर्क दिए कि 'सीता का अपहरण हुआ था या सीता खुद रावण के साथ गई थी यह किसने देखा है? जटायू तो मर गया। फिर कौन है चश्मदीद गवाह?' इस तरह अलग-अलग बातें, अलग-अलग तर्क रखे गए। फिर श्रीराम ने यह निर्णय लिया कि सीता जंगल में रहेगी।

सीता ने वनवास जाकर अपना कार्य किया, वहाँ उसने हर दुःख व पीड़ा का मुकाबला किया ताकि यह प्रथा ही बंद हो जाए। क्योंकि लोगों ने ये भी तर्क दिए कि सीता ने अग्निपरीक्षा दी है तो अभी और किस सबूत की आवश्यकता है? इसलिए सीता को वनवास भेजा गया ताकि लोगों को पता चले कि इस तरह अग्निपरीक्षा से कोई भी परीक्षण सिद्ध नहीं होता। और उच्च चेतना यानी श्रीराम ने ही यह कह दिया तो प्रजा को तो मानना ही था। इस तरह सीता की कुर्बानी की वजह से यह प्रथा बंद हो गई। सीता इसके लिए तैयार थी क्योंकि वह राम से ट्यून्ड (तालमेल में) थी। अलग रहकर भी वह राम से जुड़ी हुई थी।

आगे की कहानी में बताया गया कि सीता ऋषी वालमिकी के आश्रम में रही। वहाँ पर उनके दो पुत्र हुए लव और कुश। काफी कशमश के बाद बच्चे श्रीराम से मिले, श्रीराम से उनकी बातचीत हुई और बच्चे पूरी तरह से उनके विचारों से सहमत हो गए क्योंकि वे अपने पिताजी के कार्य को आगे बढ़ाने के लिए पूरी माता सीता द्वारा पूरी तरह से तैयार किए गए थे।

श्रीराम ने बच्चों से पूछा, 'भरत और हमारा कभी आपस में झगड़ा नहीं हुआ तो तुम्हारा आपस में झगड़ा होनेवाला है या नहीं?' इस पर बच्चों ने कहा, 'नहीं, हम तैयार हैं। हमारा आपस में मतभेद कभी नहीं

होगा, हम मिलकर कार्य करेंगे।' वे ऐसा जवाब दे पाए क्योंकि माँ सीता ने उन्हें यह कहकर तैयार किया था कि 'आपको अपने पिता के कार्य को आगे बढ़ाना है।' सीता ने बच्चों से यह नहीं कहा कि 'तुम्हारी माँ पर अत्याचार हुआ है इसलिए तुम्हें इसका बदला लेना है।' कुर्बानी दी ही इसलिए गई थी कि श्रीराम का कार्य आगे बढ़े क्योंकि राम नाम में जो ताकत है, वह लोगों का लाभ ही करनेवाली है।

इसमें भक्त सीता का एक और गुण सामने आता है, वह गुण है, ममतारहित भक्ति होना। एक माँ के लिए सबसे बड़ी बात ममता ही होती है। सीता ने अपने मोह-ममता को भी समाप्त किया ताकि बच्चे अपने पिताजी के कार्य को आगे बढ़ा पाएँ।

एक भक्त के गुणों की वजह से वह प्रथा बंद हो गई। एक भक्त के अंदर यह गुण होता है कि वह निंदा और स्तुति में सम रहता है। सीता पर न ही धोबी की निंदा का असर हुआ न ही लोगों द्वारा हुई तारीफ का असर हुआ। दोनों में सम रहते हुए सीता ने अपना जीवन वन में बच्चों के साथ बिताया।

सीता का एक और गुण जो सामने आता है वह है शरीर निर्वाह यानी शरीर को चलाने के लिए जो भी ईश्वर द्वारा मिलता है उसमें संतुष्ट रहना। **अपने आप परोसा, ईश्वर पर भरोसा।** अर्थात जो भी घटनाएँ, चीज़ें जीवन में आ रही हैं उन्हें स्वीकार करना है, ईश्वर के प्रति समर्पित रहना है। सीता इस गुण के साथ ही बड़ी हुई थी इसलिए वह सहजता से इस वनवास के लिए तैयार हो पाई।

जो इंसान 'अपने आप परोसा, ईश्वर पर भरोसा' इस समझ के साथ अपना पूरा जीवन ईश्वर के हवाले करता है, ईश्वर उसका हमेशा खयाल रखता है। उसकी हर ज़रूरत समय पर पूरी करता है। जब इंसान पूर्ण विश्वास के साथ ईश्वरीय इच्छा के प्रति समर्पण करता है तब ईश्वर उसके विश्वास को सच साबित करता है।

ईश्वर के प्रति विश्वास, भक्ति और समर्पण भाव में रहने से ही इंसान की सारी समस्याएँ विलीन हो सकती हैं। प्रेम और भक्ति से किया गया समर्पण सुफल प्रदान करता है।

समर्पण से दूसरा लाभ यह होता है कि इंसान को हर घटना स्वीकार होने लगती है और वह शिकायतरहित जीवन जीने लगता है। वह व्यक्तिगत लाभ-हानि से ऊपर ऊठकर, औरों की उन्नति के लिए कारण बनता है। इंसान अपना समस्त जीवन विश्व के कल्याण हेतु व्यतीत कर, निःस्वार्थ जीवन की तरफ जाने लगता है। ऐसी ही जीवन सीता ने जीया।

अंत में सीता उसी धरती में समा गई, जहाँ से वे आईं थी। सीता के इन गुणों को तथा उनकी कुर्बानी को सदियों तक याद रखा जाएगा।

रामायण में श्रीराम के साथ-साथ सीताजी की भी महत्त्वपूर्ण भूमिका को हमने समझा। यूँ तो रामायण का हर किरदार हमें जीवनभर का लक्ष्य देता है। हर किरदार में ऐसी कई बातें हैं जो सीखने लायक हैं।

रामयाण की कहानियों को केवल कहानी के रूप में न लेते हुए, इसे अपने जीवन में उतारने का प्रयास करें तभी यह ग्रंथ आपके जीवन में कार्य कर पाएगा और इसका उद्देश्य पूर्ण होगा।

श्रीराम का गुण दर्शन
रामलीला

आप अपने आनंद से केवल एक कदम दूर हैं!
आवश्यकता है सिर्फ स्व पर जाने की, स्व को पहचानने की।

जानें कि रामलीला के पात्र और उनकी गतिविधियाँ वास्तव में क्या हैं:

१   श्रीराम : सेल्फ, स्वसाक्षी, परम आनंद, तेजसत्य जिसने मनरूपी रावण का अंत किया।

२   सीता : 'सत्य शक्ति' जिससे यह संसार प्रकट हुआ। सत्य समझ, जिसके आते ही राम प्रकट होते हैं। जिसके वियोग में राम मुरझा जाते हैं।

३   श्रवणकुमार : श्रवण करनेवाला। श्रवण के माता-पिता दो कान के प्रतीक हैं, जिन्हें सत्य की प्यास थी।

४   हनुमान : सेवा व भक्ति के प्रतीक। जिनके हृदय में सदा बसते हैं राम और सीता।

५   विभीषण व जामवंत : गुरु का प्रतीक। जिन्होंने हनुमान को उसकी ताकत का अंदाजा कराया। विभीषण ने रावण की नाभि की ओर इशारा किया।

६ **रावण** : तोलू मन, कॉन्ट्रास्ट मन का प्रतीक जो बाहर रहना पसंद करता है। जो इच्छाओं, कपट और अहंकार से भरा हुआ है। मन जो सभी दुःखों का कारण है। जो आत्मज्ञान को प्राप्त करने में बाधा है, जिसकी वजह से माया प्रकट हुई है।

७ **हनुमान का हृदय क्या है** : सत्य हमारे अंदर है, जैसे हनुमान ने सीना चीरकर राम व सीता को दिखाया। यानी समर्पण का इशारा, भक्ति और तेज आनंद का मार्ग।

८ **रावण के दस चेहरे** : अंदर के १० विकार या जानवर रावण के १० चेहरे हैं, जो हर इंसान के अंदर बेहोशी व अज्ञान की वजह से पैदा होते हैं। जैसे –

१ द्वेष का दीमक २ भ्रम का भेड़िया
३ ग्लानि की गिलहरी ४ भय का भालू
५ लोभ की लोमड़ी ६ अहंकार का ऊँट
७ तुलना का तोता ८ निराशा का नाग
९ घृणा का घोड़ा १० गुस्से का गोरिल्ला

राम के ११ (एकादश) रूप

१ **राम एक बेटा** : आज्ञा में रहनेवाला। तीन माताएँ होते हुए भी किसी से भी सौतेला व्यवहार न करनेवाला। बेटा कैसा होना चाहिए यह सीख राम से मिलती है।

२ **राम एक भाई** : भरत को राजा के रूप में देखकर खुश होनेवाला भाई। लक्ष्मण के लिए संजीवनी माँगनेवाला भाई। भाई कैसा होना चाहिए यह सीख राम से मिलती है।

३ **राम एक मित्र** : सुग्रीव और विभीषण जैसे मित्रों की हर मदद करने को सदा तैयार। राम ने बाली और रावण का वध करके सुग्रीव और

विभीषण को राजगद्दी दिलाई। मित्र कैसा होना चाहिए यह सीख राम से मिलती है।

४ **राम एक शिष्य** : गुरु वशिष्ठ से राम ने ऐसे सवाल पूछे, जो शिष्य पूर्ण मनन के बाद ही पूछ सकता है। उन सवालों की वजह से 'योग वशिष्ठ' पुस्तक बनी। राम के सवाल अंतिम सत्य पानेवालों के लिए संकेत हैं। शिष्य कैसा होना चाहिए यह सीख राम से मिलती है।

५ **राम एक गुरु** : अहिल्या अपने पति के श्राप से पत्थर (जड़) बन चुकी थी। राम के चरण स्पर्श होते ही वह श्राप से मुक्त हुई। पत्थर से चैतन्य बनी। गुरु का काम ही अहिल्या (अज्ञानी) को चैतन्य (आत्मसाक्षात्कारी) बनाना है। गुरु कैसा होना चाहिए, यह सीख राम से मिलती है।

६ **राम एक योद्धा** : ऋषि विश्वामित्र के यज्ञ में भंग डालनेवाले सभी राक्षसों को मारकर राम ने अपनी शक्ति का सबूत दिया। रावण के साथ युद्ध के मैदान में बिना रथ के रावण को पराजित किया। योद्धा कैसा होना चाहिए यह सीख राम से मिलती है।

७ **राम एक पति** : स्वयंवर में धनुष उठाकर सीता को सही चुनाव करने का मौका दिया। सीता राम से ही ब्याह करना चाहती थीं। सीता के साथ वे जब तक रहे एक मित्र की तरह ही व्यवहार करते रहे। सीता को कभी दासी, गुलाम समझकर नहीं रखा। वनवास में भी सीता की सुविधा का खयाल रखा। रावण से बचाने के लिए राम ने राक्षसी सेना का मुकाबला किया। पति कैसा होना चाहिए, यह सीख राम से मिलती है।

८ **राम एक पिता** : लव-कुश को प्राप्त करने के बाद उनकी शिक्षा का प्रबंध किया तथा राज्य सँभालने का प्रशिक्षण दिलाया। पिता कैसा होना चाहिए यह सीख राम से मिलती है।

९ **राम एक राजा** : अपनी प्रजा के सुख के लिए वनवास भोगना या सीता को वनवास भेजने जैसा साहस राम ने किया। अपनी सुख-

सुविधाओं का सभी के भले के लिए त्याग किया। जनता के लिए वे मिसाल व मशाल बनें। रामराज्य कैसा होना चाहिए, मर्यादा में रहते हुए कैसे राज्य करना चाहिए, यह सीख मर्यादा पुरुषोत्तम राम से हर राजनेता को लेनी चाहिए। वरना राजनेता अपनी व अपने रिश्तेदारों की सुविधा के लिए देश को ही हानि पहुँचाते हैं। राजा कैसा होना चाहिए यह सीख राम से मिलती है।

१० राम एक दुश्मन : राम सभी के मित्र हैं लेकिन जो अधर्म के मित्र हैं राम उनके शत्रु हैं। राम जैसा शत्रु पाकर अधर्मी या तो धर्मवान बन जाते हैं या राम द्वारा मरकर मुक्ति प्राप्त करते हैं। (व्यक्ति का अहंकार जब राम द्वारा मरता है तब मुक्ति प्राप्त होती है।) दुश्मन कैसा होना चाहिए यह सीख राम से मिलती है, जो अपने दुश्मन को भी मुक्त करते हैं।

११ राम एक भगवान : हनुमान, शबरी, अहिल्या, केवट जैसे भक्तों के लिए राम भगवान का रूप हैं। राम का सुमिरन करके रत्नाकर डाकू वाल्मीकि ऋषि बने। भगवान कैसे होने चाहिए यह सीख राम से मिलती है!

खण्ड २
श्रीकृष्ण अवतार

प्रारंभ

हर एक का लक्ष्य (कृष्ण) एक है
हर एक की गीता (मार्ग) अलग है

प्यारे पाठको!

श्रीकृष्ण की हर कहानी के पीछे जीवन जीने का रहस्य छिपा है। इसलिए इस पुस्तक में दी गई हर कहानी पढ़कर जीवन के अलग-अलग रहस्यों, पहलुओं पर खूब मनन करें और जीवन जीने की असली कला सीखें।

कई लोग श्रीकृष्ण की कहानियाँ पढ़कर, उनका असली अर्थ न जानते हुए, वाद-विवाद करते हैं। वे श्रीकृष्ण को एक शरीर, एक व्यक्ति के रूप में मानते हैं और कहानियाँ पढ़ते हैं। लेकिन जब आप यह पुस्तक पढ़ेंगे तब आपको समझ में आएगा कि किस तरह कृष्ण एक शरीर नहीं बल्कि 'कृष्ण' एक चेतना का नाम है। यदि इस समझ के साथ आप कहानियाँ पढ़ेंगे तो आप वाद-विवाद में न पड़कर, उस कहानी का असली अर्थ समझकर, अपने अनुभव पर पहुँच जाएँगे।

इस पुस्तक में श्रीकृष्ण की सभी कहानियों का समावेश नहीं किया

गया है। इसका अर्थ यह पुस्तक अधूरी है, ऐसा न समझें। इस पुस्तक में दी गई कहानियों और उनके असली अर्थ को समझेंगे तो आप श्रीकृष्ण की बाकी कहानियों का अर्थ आसानी से समझने योग्य हो पाएँगे।

यह पुस्तक पढ़कर आप गीता पढ़ेंगे तो आपको वह स्पष्ट रूप से समझ में आएगी। श्रीकृष्ण द्वारा अर्जुन को दिए गए जवाब आपको और गहराई से समझ में आएँगे। हर गीता पढ़नेवाले के लिए यह पुस्तक पढ़ना आवश्यक है ताकि वे गीता को सही ढंग से समझ पाएँ। जिन्होंने गीता नहीं पढ़ी, वे यह पुस्तक पढ़कर, गीता पढ़ना चाहेंगे और उसमें दिए गए ज्ञान को सही अर्थों में समझ पाएँगे।

देखा जाए तो 'हर एक की गीता अलग है।' युद्ध के मैदान में बताई गई गीता अर्जुन के लिए थी। कृष्ण ने उसे मारने की आज्ञा देकर कहा था कि 'तू मार, क्योंकि तू मारनेवाला नहीं है, तू कर्ता है भी नहीं। तुम मात्र निमित्त हो।' परंतु अगर अर्जुन की जगह दुर्योधन होता और श्रीकृष्ण से पूछता तो श्रीकृष्ण, दुर्योधन से वही शब्द नहीं कहते, जो उन्होंने अर्जुन से कहे। दुर्योधन दुराचारी थे, उसके लिए श्रीकृष्ण की आज्ञा अलग (न मारने की) होगी। दुर्योधन के साथ श्रीकृष्ण की आज्ञा इसलिए बदल जाती, क्योंकि हर एक की गीता अलग है। हमें भी अपनी गीता खोजनी होगी।

हर एक की गीता अलग है क्योंकि हर एक के शरीर की रचना अलग-अलग है। रात को नहाने के बाद कुछ लोगों को जल्दी नींद आती है और कुछ लोगों की नींद उड़ जाती है क्योंकि शरीर का स्वभाव अलग-अलग बनाया गया है। जो गीता अर्जुन के लिए सही है वह दुर्योधन या शकुनी के लिए नहीं है।

हर एक की गीता इसलिए भी अलग है क्योंकि हर एक की मान्यताएँ अलग-अलग हैं। जैसे कि कुछ लोग निराकार को, कुछ भाग्य को तो कुछ कर्म को माननेवाले हैं। कुछ के लिए सेवा ही जीवन है,

कुछ नाम सिमरण को ही सब कुछ मानते हैं। कुछ तावीज़, कर्मकाण्ड और भभूति को ही अध्यात्म समझते हैं। कुछ भजन-कीर्तन को ही ईश्वर समझते हैं इसलिए उनके लिए सत्य पाने की विधि अलग होगी।

इस पुस्तक में दी गई कहानियाँ तथा उनके अर्थ पढ़कर उन पर गहराई से मनन करें। कुछ कहानियाँ आपको अलग प्रतीत हो सकती हैं क्योंकि अलग-अलग पुस्तकों, टी.वी. सीरियलों में अलग-अलग लेखकों द्वारा कहानियाँ कुछ बदल जाती हैं। इसलिए कहानियों की तुलना एक-दूसरे से न करें। मनन करके अपने अनुभव, लक्ष्य (कृष्ण) पर पहुँचे। सभी का लक्ष्य एक ही है लेकिन वहाँ पहुँचने के मार्ग (गीता) अलग-अलग हैं। ''मैं जल्द से जल्द अपनी गीता जान जाऊँ'', यही प्रार्थना और शुभेच्छा रखकर पढ़ना शुरू करें।

...सरश्री

अध्याय १

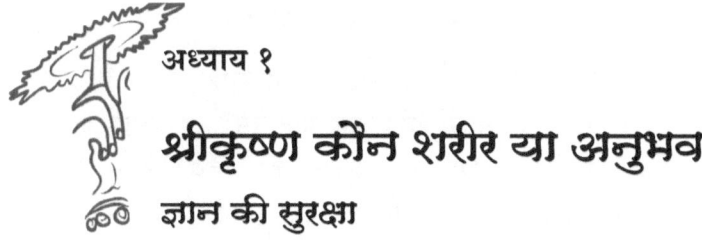

श्रीकृष्ण कौन शरीर या अनुभव

ज्ञान की सुरक्षा

श्रीकृष्ण का जन्म, कंस के अंत की शुरुआत है,
श्रीराम का जन्म, रावण के अंत की शुरुआत है,
दुर्गा/काली का जन्म, दानवों के अंत की शुरुआत है,
तेजज्ञान का जन्म, तोलू मन के अंत की शुरूआत है,
तुम्हारा दूसरा जन्म, मान्यताओं के अंत के बाद है।

श्रीकृष्ण की कहानियाँ, 'कृष्ण लीला' के रूप में बहुत प्रचलित हैं। श्रीकृष्ण के जन्म की कहानी में आपने पढ़ा होगा कि कृष्ण का जन्म रात बारह बजे हुआ। 'रात बारह बजे' का तात्पर्य यह था कि श्रीकृष्ण के जन्म के वक्त मौन था। अगर आप शरीर (मनोशरीर यंत्र) के जन्म के बारे में सोच रहे हैं तो उसका जन्म कभी भी हो सकता है मगर कृष्ण अनुभव है, उसका जन्म मौन में ही होता है।

श्रीकृष्ण की कहानियों में कई घटनाएँ बताई गई हैं। मगर क्या आपको लगता है कि जो घटनाएँ लिखी गई हैं, वे बिलकुल वैसे ही हुई थीं जैसे लिखी गई हैं या उन कहानियों में कुछ जोड़ दिया गया है या कुछ भाग काट दिया गया है, जो इंसान की समझ से परे है। कहानियों में लिखी गई कुछ बातें भक्त की भाव दशा बताने के लिए जोड़ दी जाती हैं क्योंकि भक्त की भाव दशा किस प्रकार बताई जाए और दिखाई जाए? कैसे लोग उन भावों को देख पाएँ तथा कल्पना कर पाएँ? यह

सब समझाने के लिए कहानियों में कुछ बातें जोड़ दी जाती हैं।

कहानी की कुछ बातों को बढ़ाकर भी बताया जाता है ताकि वे बातें लोगों की याद्दाश्त में रहें। कुछ बातें इस तरह प्रस्तुत की जाती हैं ताकि वे बातें आगे आनेवाली पीढ़ियों तक पहुँचें। जैसे- कहानियों में चित्र डाले जाते हैं। चित्र और कहानियाँ लोगों को आसानी से लंबे समय तक याद रहती हैं। इस तरह उन चित्रों द्वारा बताई गई बातें आगे की पीढ़ियों तक पहुँचती हैं। जो ज्ञान कहानियों, दोहों और भजनों के रूप में आता है, उसे याद रखने से तथा एक-दूसरे को सुनाने से उसका अस्तित्त्व युगों तक बना रहता है। लोगों को कहानियाँ पढ़ना तथा सुनना अच्छा लगता है। उन्हें वे आसानी से याद रख पाते हैं तथा दूसरों को बताते हैं। इस तरह वे कहानियाँ युगों तक जीवित रहती हैं और लोगों को सदा सत्य की याद दिलाती रहती हैं। इसलिए कहानियों का बहुत महत्त्व है।

कहानियों के रूप में ज्ञान आज भी जिंदा है

आपने भी कई कहानियाँ सुनी और पढ़ी होंगी। ये कहानियाँ आप तक कैसे पहुँची? ये कहानियाँ आप तक इसलिए पहुँची क्योंकि इन कहानियों द्वारा सत्य को, ज्ञान को सुरक्षित रखा गया है ताकि यह ज्ञान सदियों तक लोगों को याद रहे। ज्ञान को सुरक्षित रखने के लिए शुरू से ही प्रयास किए गए। श्रीकृष्ण के काल के लोग दूरदर्शी थे। उन लोगों के पास दूरदर्शिता जैसी कीमती चीज थी इसलिए उन्होंने ज्ञान को सुरक्षित रखने की पूरी व्यवस्था की। वे चाहते थे कि उन्हें जो ज्ञान प्राप्त हुआ है, उस ज्ञान का लाभ लोग युगों तक लेते रहें। उस युग के लोगों ने खुद उस अनुभव का लाभ तो लिया ही साथ ही भविष्य में भी लोग इस ज्ञान का फायदा ले पाएँ इसलिए कहानियाँ, दोहे, भजन इत्यादि बनाकर उस ज्ञान को सुरक्षित रखने की कुछ व्यवस्थाएँ भी कीं। वे लोग जानते थे कि जिनके अंदर सत्य की प्यास और चाहत होगी, वे लोग सत्य के ताले की चाभी को मनन द्वारा प्राप्त कर ही लेंगे। उन्होंने ज्ञान को सुरक्षित रखा

जिस वजह से सत्य का एक हिस्सा लोगों तक पहुँचा। वे जानते थे कि सत्य का बाकी हिस्सा, सत्य के प्यासे लोगों द्वारा ढूँढ़ लिया जाएगा। कुछ कहानियाँ ऐसी बनीं जो सत्य की घटनाओं पर आधारित थीं। कुछ कहानियों में भक्तों की भाव दशा बताने के लिए कुछ बातें जोड़ दी गईं तथा कुछ बातें घटा दी गईं, जो लोगों के समझ के बाहर हैं। कुछ पात्र कहानियों में जोड़ दिए गए ताकि उस समय के लोगों की समस्या का समाधान बताया जा सके। कुछ पात्र इसलिए भी जोड़ दिए गए ताकि आगे आनेवाले लोगों की समस्याओं का समाधान भी सभी को मिल पाए। ये बातें पढ़कर कोई यह न समझे कि सभी कहानियाँ झूठी हैं। कृष्ण थे, कृष्ण हैं, कृष्ण रहेंगे। कृष्ण के शरीर द्वारा कई अद्भुत कार्य हुए, जिस तरह जीज़स की चेतना से कई चमत्कार हुए थे।

श्रीकृष्ण सबकी चेतना हैं

यदि आप कृष्ण को शरीर मान रहे हैं तो श्रीकृष्ण की कहानियों से आपका कोई लाभ नहीं होगा। अगर आपने उस 'चेतना' को कृष्ण समझा है जो हर इंसान के अंदर जीवन के रूप में मौजूद है तो ही आप समझ सकते हैं कि कहानी में किसके बारे में बात की जा रही है। किस शरीर के बारे में बात की जा रही है? उस शरीर के बारे में बात की जा रही है, जहाँ सेल्फ (चैतन्य) पूर्ण रूप से प्रकट हुआ। उस शरीर में चैतन्य अवतरित हुआ (उतरा) इसलिए उसे अवतार कहा गया है। इस समझ से आप यदि हर अवतार, हर महापुरुष, हर विभूति को देखेंगे जैसे कि श्रीराम, रामकृष्ण परमहंस, गुरुनानक, संत कबीर, मीराबाई, संत ज्ञानेश्वर, जीज़स इत्यादि तो ही आप सभी को पहचान पाएँगे। ऊपर दिए गए नाम शरीर के नाम नहीं हैं, ये नाम हैं उसी कृष्ण चेतना के जो अलग-अलग शरीरों से अपनी अभिव्यक्ति करती है। श्रीकृष्ण सबकी चेतना हैं।

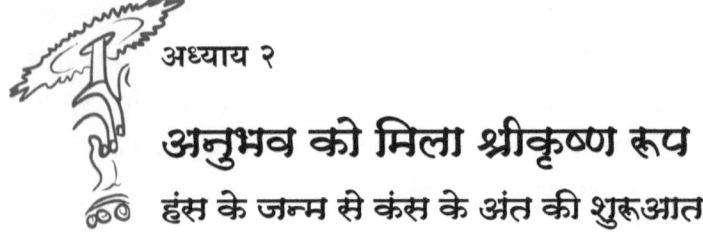

अध्याय २

अनुभव को मिला श्रीकृष्ण रूप

हंस के जन्म से कंस के अंत की शुरूआत

जिस शरीर में अनुभव प्रकट होता है
उस शरीर की मुक्ति की तरफ यात्रा शुरू होती है।
और न सिर्फ वह शरीर बल्कि उसके साथ रहनेवाले लोग भी
मान्यताओं की जेल से मुक्त होने लगते हैं।

श्रीकृष्ण जन्म की कथा आपने लोगों से सुनी होगी। मथुरा के दुराचारी राजा कंस की बहन देवकी की शादी वासुदेव से सम्पन्न हुई। शादी के बाद आकाशवाणी हुई कि देवकी की आठवीं संतान कंस का वध करेगी। आकाशवाणी के तुरंत बाद कंस ने अपनी बहन देवकी और उसके पति वासुदेव को कारागार में डाल दिया। कारागार में ही देवकी की प्रत्येक संतान का कंस ने वध करवाना शुरू कर दिया। इस प्रकार एक-एक करके देवकी की सात संतानों का कंस ने वध करवा दिया। संतानों की मौत की वजह से देवकी और वासुदेव अत्यंत दुःखी रहते थे। जब देवकी आठवीं बार गर्भवती हुईं और कंस को इस बात की जानकारी हुई तब वह एकदम चौकन्ना हो गया। कंस ने कारागार में देवकी और वासुदेव पर निगरानी और कड़ी कर दी।

भादो मास के कृष्ण पक्ष की अष्टमी तिथि :

उत्तर भारत (मथुरा गोकुल) में विक्रम सम्वत के महीने का प्रारंभ

कृष्ण पक्ष से होता है। जब कि महाराष्ट्र, गुजरात और दक्षिण भारत में महीनों का प्रारंभ शुक्लपक्ष से होता है। अतः मथुरा के पंचांग के अनुसार भादो कृष्ण पक्ष अष्टमी की आधी रात के समय देवकी की आठवीं संतान, एक पुत्र का जन्म हुआ। उस समय चारों तरफ घनघोर अंधकार छाया हुआ था और मूसलाधार वर्षा हो रही थी। बच्चे का जन्म होते ही देवकी वासुदेव की बेड़ियाँ खुल गईं और जेल के दरवाजे भी खुल गए। सभी पहरेदार गहरी नींद में सोए हुए थे। देवकी और वासुदेव ने निर्णय किया कि बच्चे को गोकुल में वासुदेव के मित्र नंद के यहाँ पहुँचा दिया जाए।

अंधेरी रात में ही वासुदेव उस बच्चे को, जिसका नाम कृष्ण रखा गया, मथुरा से लेकर गोकुल की ओर चल पड़े। रास्ते में यमुना में बाढ़ आई थी किंतु वासुदेव ने जब यमुना के अंदर प्रवेश किया तो बाढ़ का प्रकोप कम हो गया और उन्होंने सकुशल कृष्ण को नंद और यशोधा के घर पहुँचा दिया। नंद यशोधा के घर एक बच्ची का जन्म हुआ था, अतः नंद ने कंस की तसल्ली के लिए अपनी पुत्री को वासुदेव को दे दिया ताकि वे कंस से कहें कि इसी बच्ची का जन्म हुआ है। रातोरात वासुदेव मथुरा जेल में बच्ची के साथ वापस आ गए। प्रातःकाल कंस को देवकी की प्रसूति की खबर मिली। उसने बच्ची को ऊपर फेंककर मारने का प्रयास किया किंतु बच्ची ने कंस को धिक्कारते हुए कहा, 'कंस तू मुझे क्या मार रहा है। तुम्हें मारनेवाला तो पैदा हो चुका है और उसका लालन-पालन सुरक्षित जगह पर हो रहा है।' बच्ची की बात सुनकर कंस हैरान रह गया तथा देवकी के बच्चे को ढूँढ़ने के लिए अपने विश्वस्त अनुचरों को जरूरी निर्देश देकर भेज दिया।

कहानी में बताया गया कि श्रीकृष्ण का जन्म रात बारह बजे जेल में हुआ। ऐसा बताने का अर्थ था कि 'कृष्ण' का जन्म मौन में होता है। जब आंतरिक मौन आता है तब ही वह सत्य, अनुभव प्रकट होता है।

फिर कहानी में बताया गया कि श्रीकृष्ण का जन्म जेल में हुआ

क्योंकि उनके माँ-बाप जेल में थे। यहाँ जेल का अर्थ मान्यताओं की कैद। श्रीकृष्ण के माँ-बाप मान्यताओं में जकड़े हुए थे। वे अपने आपको कंस के रिश्तेदार समझते थे इसलिए वे जेल में थे। जो भी अपने आपको कंस का यानी बुराई का रिश्तेदार समझेगा वह मान्यताओं की जेल में ही होगा। इसका सीधा अर्थ यह है कि श्रीकृष्ण का जन्म (अनुभव का जन्म) मान्यताओं की जेल में ही होता है और जेल में जन्म लेते ही श्रीकृष्ण की (उस अनुभव की) मुक्ति की तरफ यात्रा शुरू हो जाती है और न सिर्फ उस शरीर की मुक्ति जिसमें वह अनुभव है बल्कि उसके साथ रहनेवाले लोग भी जेल से मुक्त होने लगते हैं। आगे कहानी में बताया गया कि श्रीकृष्ण के पैदा होते ही जेल के सारे दरवाज़े खुल गए, उनके माता-पिता की ज़ंजीरें टूट गईं और उनके पिताजी उन्हें जेल से लेकर बाहर निकल आए। इस तरह कंस राज्य के अंत की शुरुआत हो गई।

कंस कौन? हंस कौन?

अब समझें कि असल में कंस कौन? 'कंस' यह नाम बहुत चुनकर रखा गया है। आप जानते हैं कि बुरे से बुरा इंसान भी अपना नाम अच्छा रखना चाहता है लेकिन प्राचीन कहानियों में अकसर आप कंस, दुश्शासन, दुर्योधन, धृतराष्ट्र और शकुनी ऐसे नाम सुनते हैं। ऐसे नाम क्यों रखे गए होंगे? इन सभी नामों में एक प्रकार का इशारा किया गया है, हर नाम का एक अर्थ है। जैसे शकुनी का अर्थ है शक करनेवाला, धृतराष्ट्र का अर्थ है जो इंसान धूर्त है और राष्ट्र सँभाल रहा है। दुश्शासन का अर्थ है- गलत शासन करनेवाला दुराचारी इंसान यानी जिसका आचार ठीक नहीं है। दुर्योधन का अर्थ दुर-योद्धा, एक ऐसा योद्धा जो कपटी है, जो हर चीज का दुरुपयोग करता है। एक ऐसा योद्धा जो युद्ध में कपट करता है।

'कंस' इस नाम का अर्थ है, क-हंस यानी जिसमें हंस के गुण नहीं हैं। जो इंसान हंस नहीं बल्कि कौआ है। 'क' शब्द को कौए से जोड़ें तो कौआ और हंस ये दो शब्द सामने आते हैं। कंस का राज, हंस राज नहीं

बल्कि कौआ (क-हंस) राज था। हंस राज यानी कृष्ण का राज्य।

अनुभव के स्तर पर इसे समझें तो मथुरा तोलू मन (तुलना करनेवाला मन) का राज्य था लेकिन तोलू मन के पीछे ही परमहंस (कृष्ण) छिपा होता है।

फिर कहानी में बताया गया कि जब कंस ने सुना कि उसकी बहन का बेटा उसकी मौत का कारण बनेगा तो कंस बहुत डर गया। अपनी जान बचाने के लिए उसने अपनी बहन देवकी की ज़रा भी परवाह नहीं की और उसे जेल में डाल दिया। कंस उसे जी-जान से प्यार करता था लेकिन उसे अपनी जान ज्यादा प्यारी थी। तोलू मन भी यही करता है। उसके लिए प्रेम की कोई कीमत नहीं होती है। उसके लिए तो सिर्फ अपनी महत्त्वाकांक्षा, सुरक्षा और सुविधा की ही कीमत होती है। इस तरह कंस ने अपनी बहन तथा बहनोई को जेल में डाल दिया यानी वे दोनों तोलू मन के शिकंजे में कैद हो गए। अब इससे मुक्ति की राह तो हंस यानी श्रीकृष्ण ही दिखा सकते थे।

अध्याय ३
शिकारी का शिकार
पूतना वध

जिसे आप सबसे ज्यादा पसंद करते हैं,
माया उसके द्वारा ही हमला कर सकती है।
जो चीजें मन को पसंद हैं,
मन उन पर विश्वास करता है
और वह माया का शिकार हो जाता है।

कंस ने पता लगाया कि देवकी का पुत्र, नंद और यशोदा के यहाँ गोकुल में पल रहा है। गोकुल क्षेत्र में कंस कुछ नहीं कर सकता था अतः वह कपट से श्रीकृष्ण को मारने की योजना बनाने लगा किंतु उसे सफलता नहीं मिली। अंत में उसने पूतना नामक राक्षसी को श्रीकृष्ण को मारने के लिए भेजा।

पूतना गोकुल की महिला के वेश में यशोदा के यहाँ पहुँची। योजना के अनुसार उसे श्रीकृष्ण को स्तन पान कराना (छाती से दूध पिलाना) था। उसके स्तन में दूध के बदले विष था, जिसे पीकर कोई भी बच्चा मर सकता था। पूतना जब यशोदा माँ के घर गई तो उसने यशोदा के नवजात शिशु जिसे प्यार से सब लोग "लल्ला", "कान्हा" आदि नामों से पुकारते थे उसे देखने की इच्छा प्रकट की। आए दिन अनेकों स्त्रियाँ श्रीकृष्ण को देखने आया करती थीं और यशोदा माता खुशी से सबको श्रीकृष्ण को दिखलाया करती थीं। पूतना की इच्छानुसार उसे भी श्रीकृष्ण

को दिखलाया गया। आगे कहानी ऐसी है कि पूतना जैसे ही श्रीकृष्ण के पास गई तो श्रीकृष्ण जोर-जोर से रोने लगे। मौका पाते ही पूतना ने श्रीकृष्ण को चुप कराने के उद्देश्य से स्तन पान कराने का प्रस्ताव रखा। पूतना के वास्तविक परिचय से अनजान यशोदा माता ने हामी भर दी किंतु श्रीकृष्ण ने उसे पहचान लिया था। अतः जैसे ही उसने उसे स्तन पान कराने के लिए उठाया श्रीकृष्ण ने काटकर उसका वध कर दिया और पुनः छोटे बच्चे के रूप में खेलने लगे।

प्रस्तुत कहानी के अनुसार पूतना ने गोकुल में एक सुंदर और शालीन महिला बनकर प्रवेश किया मगर भीतर से वह राक्षसी थी। उसका मूल उद्देश्य सभी को ठगकर कृष्ण (स्वअनुभव) को समाप्त करना था। पूतना के चरित्र पर यदि मनन किया जाए तो समझ में आएगा कि यहाँ 'पूतना' माया का प्रतीक है। सांसारिक माया ऐसी ही होती है, बाहर से अत्यंत आकर्षक और भीतर से कुरूप।

माया लोगों को अपने जाल में फँसाकर उनके भीतर का सत्य छीनना चाहती है। वह उन्हें कहती है- 'तुम्हें तभी सुख मिलेगा जब तुम्हारे पास फलाँ वस्तु होगी... फलाँ पद प्राप्त करके जब तुम संसार के सबसे सुखी व्यक्ति बन जाओगे... फलाँ से शादी करने पर तुम्हें दुनिया की सारी खुशियाँ मिलेंगी... यहाँ घूमो, वहाँ घूमो... इस नए रेस्टोरेंट में जाओ... यह नई पिक्चर देखो... लाइव क्रिकेट मैच देखो तो तुम्हें आनंद मिलेगा...। अभी अध्यात्म में जाने पर तुम्हारा सांसारिक जीवन बिखर जाएगा... अभी मुझसे ही आनंद प्राप्त करो, तुम्हारे पास अभी बहुत समय है, वहाँ बाद में जाना।'

फलस्वरूप लोग माया की सुनकर वही करते हैं, जो वह कहती है। आरंभ में उन्हें माया का संग अच्छा लगता है, वे खुश होते हैं मगर जल्द ही वापस से बोरडम, निराशा, हीनता से घिर जाते हैं क्योंकि माया से मिलनेवाली खुशी अस्थाई है। इसके विपरीत सत्य से मिलनेवाली खुशी है, जो इंसान को स्थाई आनंद देती है।

कृष्ण गोकुल के सुरक्षित वातावरण में थे मगर वहाँ भी पूतना उन तक पहुँचने में सफल हो गई। इस बात में इंसान के जीवन की सच्चाई छिपी हुई है। गोकुल प्रतीक है सत्य के त्रिकोण (सेवा, श्रवण, भक्ति से भरा सुरक्षित वातावरण) का। ऐसा नहीं है कि माया सिर्फ संसारी जीवों को ही फँसाती है। यह सत्य के मार्ग पर चल रहे लोगों को भी लुभाती है।

जब लोग सत्य साधकों के गुणगान करते हैं, उनकी सराहना, प्रशंसा करते हैं तो उनका अहंकार भी बढ़ सकता है। तारीफ, सराहना, दूसरों से श्रेष्ठ होने का, ज़्यादा भक्ति करने का, ज्ञानी होने का, सिद्धि का अहंकार आदि माया के ही कुछ ऐसे लुभावने रूप हैं, जो सत्य साधकों को सत्य के मार्ग से पथभ्रष्ट कर सकते हैं। अतः उन्हें मायारूपी पूतना की पहचान होनी चाहिए और सत्य के त्रिकोण में रहते हुए भी पूतनारूपी माया से सावधान रहना आना चाहिए वरना वे स्वअनुभव से दूर हो सकते हैं।

अध्याय ४
माया का धोखा, कृष्ण के लिए मौका
कृष्ण के साथ रहें माया से बचें

मोह में हर दृश्य साँप है
मौन में हर दृश्य सीढ़ी है

एक दिन श्रीकृष्ण अपने गोप मित्रों के साथ जो गाय चराने जंगल, पर्वत जाया करते थे, खेल रहे थे। श्रीकृष्ण एक साहसी बालक थे। खेल खेलते वक्त पेड़ों से कूदना, पत्थरों पर चढ़ना और उतरना उनके लिए बाएँ हाथ का खेल था। खेल के दौरान आई हुई किसी भी समस्या में सारे गोपाल श्रीकृष्ण की ओर ही देखते थे। एक बार गेंद खेलते वक्त उनकी गेंद नदी में ऐसे स्थान पर जा गिरी जहाँ कालिया नाग का निवास था। सारे बच्चे डर गए, परेशान हो उठे कि अब गेंद कैसे प्राप्त होगी? तब श्रीकृष्ण ने उस गेंद को प्राप्त करने के लिए पानी में छलाँग लगा दी। सारे गोपाल अत्यंत घबरा गए तथा रोने लगे लेकिन कुछ ही देर बाद उन्होंने श्रीकृष्ण को गेंद के साथ कालिया नाग पर नृत्य करते हुए देखा। श्रीकृष्ण ने कालिया नाग पर विजय प्राप्त की, बिलकुल ऐसे जैसे कोई प्रशिक्षित घुड़सवार अड़ियल घोड़े को अपने काबू में करके उस पर सवारी करता है। सभी बच्चों ने जीत का उत्सव मनाया और यह नज़ारा देखने के लिए सारे गाँववालों को बुलाया।

श्रीकृष्ण का कालिया नाग पर नृत्य करना, यह प्रतीक है। यह नाग आपके जीवन की समस्याओं, संकटों और परेशानियों का प्रतीक है। कालिया नाग पर नृत्य करके श्रीकृष्ण ने यह दर्शाया कि परेशानियों, समस्याओं और सकंटों में भी आप अपनी अभिव्यक्ति कर सकते हैं।

कालिया नाग के युद्ध में श्रीकृष्ण के साथ उनके जो भी मित्र खेल रहे थे वे श्रीकृष्ण की आज्ञा का पालन करते थे और उनके साथ ही रहते थे। इसलिए उन सभी ने वह दृश्य प्रत्यक्ष रूप (डेमोंस्ट्रेशन) से देखा। ठीक उसी तरह जो लोग अनुभव के साथ रहते हैं वे देख पाते हैं कि किस तरह समस्याओं के साँपों को भी आगे बढ़ने के लिए सीढ़ी बनाया जा सकता है।

कहानी में आपने पढ़ा कि बालक कृष्ण ने कालिया नाग को हराकर उसे समर्पण करने के लिए मजबूर किया और अपनी विजय के प्रतीक में उसके फन पर खड़े होकर नृत्य और निर्भयता की अभिव्यक्ति की। ऐसा करके श्रीकृष्ण ने यह दर्शाया कि अपने पुरुषार्थ से, अपनी समझ से हम बड़ी से बड़ी समस्या को भी अपने कदमों के नीचे रख सकते हैं। कठिन परिस्थितियों में भी शांत, स्थिर और आनंदित रहा जा सकता है, साथ ही उच्चतम अभिव्यक्ति भी की जा सकती है। लेकिन यह अचानक से नहीं होता इसके लिए पूरी तैयारी करनी पड़ती है। सेवा (कर्म), श्रवण, ज्ञान और भक्ति के त्रिकोण में रहते हुए धीरे-धीरे अपनी पात्रता बढ़ानी पड़ती है।

श्रीकृष्ण ने यह साबित कर दिया कि आगे बढ़ने के लिए कैसे माया को ही सीढ़ी बनाया जा सकता है। फिर माया का आकर्षण आपको पीछे नहीं ले जा सकता, जेल में नहीं ले जा सकता। हालाँकि इंसान का जन्म जेल (अज्ञान) में होता है परंतु अब वह निश्चय करे कि दोबारा जेल में नहीं जाएगा। इसी जीवन में ही हमें मुक्ति मिलनी चाहिए।

इसी को कहते हैं- कालिया नाग के फन पर खड़े होकर आंतरिक चैन की बाँसुरी बजाना। ऐसी दिव्य विभुतियाँ कृष्ण की साक्षात् मूरत हैं।

अध्याय ५
गोवर्धन पर्वत, कृष्ण कृपा
हर क्रिया के साथ जुड़े समझ

माया की बारिश मारती है,
कृपा की बारिश बचाती है।

सभी ब्रजवासी देवराज इंद्र की पूजा-अर्चना किया करते थे। इसकी वजह से देवताओं के राजा इंद्र को अहंकार हो चला था। ब्रजवासी उनकी आराधना करते थे और उसी ब्रज में श्रीकृष्ण सिर्फ एक मानव मात्र समझे जाते थे। इंद्र का अहंकार अपनी सीमा लाँघकर इस हद तक पहुँचा कि वे अपने आपको विष्णु से श्रेष्ठ समझने लगे क्योंकि ब्रजवासियों को श्रीकृष्ण की वास्तविकता उतनी मालूम नहीं थी, जितनी इंद्र को मालूम थी। इंद्र जानते थे कि श्रीकृष्ण विष्णु के अवतार हैं अतः इंद्र का अहंकार तर्कसंगत लगता था। श्रीकृष्ण की ब्रज में पूजा नहीं होती थी पर इंद्र की पूजा होती थी। इंद्र के इस अहंकार को तोड़ने के लिए श्रीकृष्ण ने इंद्र की पूजा बंद कर दी। उन्होंने ब्रजवासियों को परामर्श दिया कि वे इंद्र की पूजा न करके पास के गोवर्धन पर्वत की पूजा करें। ब्रजवासियों ने श्रीकृष्ण की बात मान ली और पूजा के दिन इंद्र की पूजा के बदले गोवर्धन पर्वत की पूजा की गई। इसके कारण इंद्र ने अपने आपको

अपमानित महसूस कर ब्रजवासियों को दण्ड देने की ठान ली। इंद्र ने प्रलयकारी अतिवृष्टि करनेवाले समवर्त्तक बादलों को आदेश दिया कि वे ब्रज के ऊपर अतिवृष्टि करके प्रलय लाएँ। वृंदावन सहित समूचे ब्रज में अतिवृष्टि होने लगी और त्राहि-त्राहि मच गई। सब लोग श्रीकृष्ण के पास आए तथा इस प्रलयकारी वृष्टि से बचने का उपाय पूछने लगे। इंद्र का मान मर्दन करने के लिए श्रीकृष्ण ने गोवर्धन पर्वत को उठा लिया और ब्रज के ऊपर "गिरि छत्र" धारण किया। इंद्र ने जब देखा कि गोवर्धन पर्वत की छत्री के कारण समवर्त्तक बादल प्रलय नहीं ला सके तो उन्हें श्रीकृष्ण की शक्ति ज्ञात हो गई और अपने अहंकार के लिए उन्होंने क्षमा याचना की।

माया की बारिश से बचें

श्रीकृष्ण ने खुद माया (अहंकार, गलत आकर्षण) को मारा और साथ में, ब्रज में रहनेवाले लोगों को भी माया से मुक्त किया। जब इंद्र नाराज हो गए तो उन्होंने पूजा भंग करने के लिए मथुरा में अपनी माया को वर्षा के रूप में भेज दिया ताकि बारिश में गाँव के सब लोग बह जाएँ। श्रीकृष्ण ने लोगों को माया की उस बारिश से बचाने के लिए गोवर्धन पर्वत को एक छोटी उँगली पर उठाया और सबकी रक्षा की।

इस तरह श्रीकृष्ण ने लोगों को कुदरत के काम करने का तरीका सिखाया। जिसमें पर्वत, पौधे, पानी, पेड़ों, झरनों, पत्थरों का क्या महत्त्व है यह समझाया। श्रीकृष्ण ने भी इंद्र की पूजा का विरोध कर इसी समझ को पुनःस्थापित किया कि बाहरी तौर पर पूजा करने से कुछ हासिल नहीं होगा, उस पूजा को कर्म में उतारो। प्रकृति का सम्मान करो, उसका ध्यान रखो और प्रकृति के साथ अपनी सीमाएँ मत लाँघो। जब हम कुदरत के साथ तारतम्य रखते हैं तब हम कुदरत के प्रकोप से बचे रहते हैं।

श्रीकृष्ण की आज्ञा में रहनेवाले श्रीकृष्ण के एक इशारे पर गोर्वधन पर्वत के नीचे आकर खड़े हो गए। श्रीकृष्ण की एक उँगली के इशारे पर

उन्हें इतना विश्वास था कि वे पर्वत के नीचे भी बिना डरे पूर्ण श्रद्धा से खड़े रहे।

अकसर बाहर का दृश्य हमें डरा देता है लेकिन अपने अंदर स्थित कृष्ण चेतना देख हम विश्वास व उच्चतम प्रेम से भर सकते हैं। यही कृपा की असली बारिश है। माया की बारिश मारती है, कृपा की बारिश बचाती है।

ये सब कहानियाँ प्रतीक थीं। घटनाएँ तो कहानी में सब बातों को पिरोने के लिए बताई गईं। लेकिन हकीकत में बताया गया कि किस तरह कृष्ण (स्वअनुभव) के साथ रहनेवाले बारिश (माया) से बच जाते हैं और प्रेम, आनंद, मौन (अनुभव) प्राप्त करते हैं।

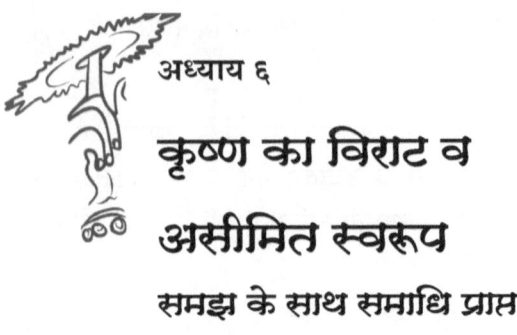

अध्याय ६
कृष्ण का विराट व असीमित स्वरूप
समझ के साथ समाधि प्राप्त करें

हवाई जहाज का अविष्कार करना है तो पक्षी को देखना आवश्यक है। पक्षी को उड़ते हुए देखेंगे तो उड़ने की संभावना पता चलेगी। उसी तरह श्रीकृष्ण की कहानियाँ पढ़कर भक्ति की संभावना खुलेगी।

ब्रज में कन्हैया की बाल सुलभ करतूतें ब्रजवासियों को आनंदित करती तो थीं किंतु यशोदा माँ के यहाँ कभी-कभार ऊपरी मन से शिकायतें तो आते ही रहती थी। आज किसी की मटकी तोड़ी... किसी के घर माखन चोरी किया... किसी गोपी के साथ छेड़खानी की... इत्यादि। इन शिकायतों के कारण माँ की डाँट से बचने के लिए 'कान्हा' के पास भी समुचित दलीलें रहती थीं। इसका एक नमुना सुप्रसिद्ध लोकप्रिय भजन ''मैं नहिं माखन खायो... मैया मोरी मैं नहिं माखन खायो'' में सुनने को मिलती है। जब श्रीकृष्ण यशोदा माँ से दलील देते हैं कि सबेरे-सबेरे तुम मुझे 'लकुटि कमरिया' (लाठी और कंबल) देकर गाय चराने के लिए भेजती हो और संध्या समय मैं थका हारा वापस आता हूँ, अतः दूसरों के घर माखन चोरी कर खाने का समय ही कब मिलता है। जब यशोदा माँ पूछती हैं कि 'तुम्हारे मुँह में यह माखन कैसे लगा है?' तो झटपट उनका उत्तर आता है कि 'ये ग्वाल बाल मुझसे बैर करते हैं अतः उन्होंने

जबरन मेरे मुँह पर माखन लगा दिया है। तुम हमारा विश्वास नहीं करती हो तो मैं कल से मधुबन में गाय चराने नहीं जाऊँगा।' इतना कहकर मोहन रोने का स्वांग करते हैं तो यशोदा माँ उन्हें प्यार से भींचकर गले से लगाती हैं। इसके बाद का प्रसंग अत्यंत मर्मस्पर्शी और आनंददायी है। जब यशोदा माँ कहती हैं, 'लल्ला तु नहिं माखन खायो।' तब श्रीकृष्ण गले लगे हुए माँ के कान में कहते हैं, 'मैया मोरी मैंने ही माखन खायो।' छोटे बच्चे और उसकी वार्तालाप का ऐसा प्रेममय वर्णन श्रीकृष्ण भक्त संत कवि सूरदास ही कर सकते थे। श्याम के ऐसे ही एक और प्रसंग का उल्लेख यहाँ करना उपयुक्त होगा।

नटखट ग्वाल बालों ने श्रीकृष्ण के विरूद्ध एक षड़यंत्र रचा। वे सब मिट्टी खाने का स्वांग करने लगे और श्रीकृष्ण को भी मिट्टी खाने का निमंत्रण दिया। वे तो ऐसी शरारतों के लिए हमेशा तैयार ही रहते थे। ग्वाल बालों के साथ वे भी 'माटी' खाने लगे। इसी बीच षड़यंत्रकारियों में से कुछ ग्वाल यशोदा माँ को इसकी सूचना देने पहुँचे। यहाँ पर यह बताना उचित रहेगा कि इस षड़यंत्र में 'दाऊ' श्रीकृष्ण के बड़े भाई बलराम भी शामिल थे, जिससे यशोदा माँ जरूर विश्वास कर लें कि श्रीकृष्ण 'माटी' खा रहे हैं। यशोदा माँ को क्रोध आना स्वाभाविक था। वे श्रीकृष्ण को दण्ड देने के इरादे से बाल वृंद की टोली के साथ श्रीकृष्ण के पास पहुँच गईं। उन्हें कहाँ पता था कि यह भी कृष्ण लीला का ही एक अध्याय था।

माँ को वहाँ आते देख श्रीकृष्ण ने निश्चय कर लिया कि उन्हें क्या कहना है। भगवान श्रीकृष्ण को एक उचित अवसर मिल गया था कि वे माँ को इशारे-इशारों में बता दें कि उनका 'लल्ला' और गोपियों की रासलीला का 'रसिया' एक असाधारण बालक के अलावा कुछ और भी है। अतः यशोदा माँ के क्रोधित आगमन पर श्रीकृष्ण कुछ निश्चिंत ही बैठे रहे। जब यशोदा माँ ने जवाब तलब किया, 'लल्ला तू माटी खा रहा है?' तो श्रीकृष्ण चुपचाप मुँह बंद किए बैठे रहे। क्रोधित माँ के दोबारा पूछने पर भी जब कुछ उत्तर नहीं मिला तो माँ ने उनसे मुँह खोलने

के लिए कहा। धीरे-धीरे श्रीकृष्ण ने मुँह खोलना शुरू किया। क्रोधित यशोदा माँ ने श्रीकृष्ण के मुँह में मिट्टी देखने के बाद ही दण्ड देने का मन बनाया था किंतु यशोदा ने जब कन्हैया के मुँह में देखा तो वे आश्चर्य से देखती रह गईं। यशोदा को उनके मुँह में ब्रह्म और उसकी संपूर्ण माया के साक्षात् दर्शन हुए। उन्होंने कृष्ण के छोटे से मुख में संपूर्ण स्थूल और सूक्ष्म सृष्टि देखी। धरती, आकाशगंगाएँ, आकाश, पाताल, जल, अग्नि, वायु आदि समस्त तत्त्व, गुण, कर्म विधान, अहंकार और भी न जाने क्या-क्या देखा। उन्होंने ईश्वर की माया का, जिसे माया नचाती है उस जीव का ज्ञान और भक्ति का भी दर्शन दिया, जो उस जीव को माया से छुड़ा देते हैं।

यशोदा माँ प्रायः अर्द्धचेतन अवस्था में सब कुछ देख रही थीं। उनके लिए वह क्षण थम सा गया था, क्या हो रहा है, क्यों हो रहा है, वे कुछ समझ नहीं पा रही थीं। श्रीकृष्ण ने अपने छोटे से मुँह में यशोदा माँ को अपनी योग माया के विराट दर्शन दिए और फिर उसी माया के प्रभाव से उन्होंने सब कुछ भूला दिया। चैतन्य अवस्था के वापस आते ही माता ने बाल कृष्ण को गले लगा लिया क्योंकि उनके खुले मुख में मिट्टी खाने के कुछ भी कण शेष नहीं थे।

श्रीकृष्ण के इस प्रसंग को फिल्मों, टी.वी. सीरियलों में भी काफी बार प्रस्तुत किया गया है, जिसमें श्रीकृष्ण के मुँह में ब्रह्माण्ड दिखाया गया। जिस तरह आपको टी.वी. सीरियल में कृष्ण का दिव्य रूप दिखाया जाता है, कृष्ण का वैसा रूप बिलकुल नहीं था। जो चीज़ें मन के क्षेत्र में आती ही नहीं, उन चीज़ों को दर्शाने की कल्पना करना भी असंभव है लेकिन मानव बुद्धि सदा इसका प्रयास करती रही है। ज़रा सोचिए, कृष्ण का विराट व असीमित रूप डिजिटल वीडियो कैमरा या कैमरामैन कैसे पकड़ पाएगा?

स्वअनुभव अथवा समाधि अनुभव तो इंसान द्वारा सत्य प्राप्त करने के बाद अपने ही अंदर पाई जानेवाली अवस्था है। जिन लोगों को

स्वअनुभव हुआ, उन्होंने कहानियों एवं चित्रों के माध्यम से उसे अन्य लोगों को समझाने का प्रयास किया ताकि वे मनन कर पाएँ और सत्य की खोज शुरू करें। यह अध्याय भी यही प्रयास कर रहा है।

यदि इस प्रसंग पर गहराई से मनन किया जाए तो यह एक ऐसे सत्य के खोजी की स्थिति को बयान करता है, जिसे ईश्वर कृपा से पहली बार स्वअनुभव (आत्मसाक्षात्कार, सेल्फ रियलाइजेशन) हुआ है। यशोदा कृष्ण (उच्चतम चेतना) की उपस्थिति में गहरी समाधि में चली गईं, जहाँ उन्हें सेल्फ और उसकी माया की झलक मिली। उस समय यशोदा को अपने शरीर का एहसास ही न रहा यानी उसके शरीर की सीमा खत्म हो गई।

ऐसा ही अनुभव महाभारत युद्ध के दौरान श्रीकृष्ण ने अर्जुन को भी कराया था। अर्जुन को उन्होंने गीता का ज्ञान देकर अपने विराट रूप का दर्शन कराया था। जिसका अर्थ यही है कि अर्जुन को गीता सुनकर स्वबोध प्राप्त हुआ था। वह अनुभव भी यशोदा के अनुभव जैसा ही था।

यशोदा की तरह बहुत से खोजी स्वअनुभव तक पहुँचते हैं मगर पूरी तैयारी और पात्रता न होने के कारण उस अवस्था में स्थापित नहीं हो पाते। यशोदा को स्वअनुभव ईश्वर कृपा से मिला, अपनी तैयारी और समझ (अण्डरस्टैण्डिंग) से नहीं। इसलिए जब वे जाग्रत हुईं, उस अनुभव से बाहर आईं तब उनका अनुभव गायब हो चुका था। वह वापस माया के वशीभूत होकर, कृष्ण को प्रत्यक्ष रूप में अपने बेटे की तरह देखने लगीं।

यशोदा जैसे भक्तों के लिए सद्गुरु का होना अति आवश्यक है, जो उनकी पात्रता इस तरह से बढ़ाते हैं कि स्वअनुभव होने पर वह उसमें स्थापित भी रह सके। अन्यथा इंसान इस परम अवस्था का अनुभव करके भी वापस माया में भटक सकता है। गुरु से समाधि की समझ प्राप्त करके हम स्वअनुभव को प्राप्त कर, उसे कायम रख सकते हैं।

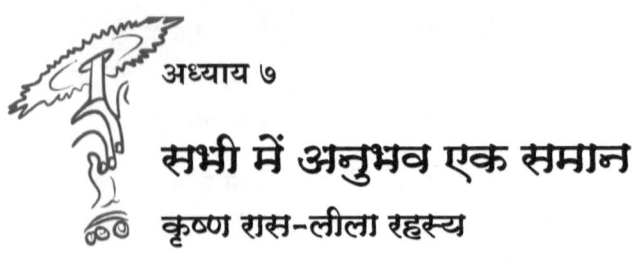

अध्याय ७
सभी में अनुभव एक समान
कृष्ण रास-लीला रहस्य

जो लोग अनुभव के साथ रहते हैं वे देख पाते हैं
कि किस तरह समस्याओं के साँपों को भी आगे
बढ़ने के लिए सीढ़ी बनाया जा सकता है।

बड़े होकर कृष्ण बाँसुरी बजाकर गोकुल के लोगों का ही नहीं बल्कि वहाँ के पशु-पक्षियों का भी मन मोहने लगे। बाँसुरी बजाते हुए नंद बाबा की गाय चराना, गोपियों के साथ रासलीला करना उनके गोकुल प्रवास का प्रमुख भाग था। रासलीला में सभी गोप-गोपियों और ग्वालों को ऐसा लगता था कि श्रीकृष्ण प्रत्येक के साथ नृत्य व रासलीला कर रहे हैं। जब श्रीकृष्ण इनके समूह में बैठते थे तो चाहे वे किसी भी तरफ देखें, गोप-गोपियों में प्रत्येक को ऐसा लगता था कि वे सिर्फ उसी की तरफ देख रहे हैं। इसलिए उनकी प्रेम दृष्टि पाने के लिए, उनके साथ रासलीला में नृत्य करने के लिए सभी गोप-गोपियाँ से संध्या समय वृंदावन में एकत्रित होते थे।

श्रीकृष्ण और गोपियों के प्रेम के बारे में कहा जाता है कि ऐसे विशुद्ध प्रेम का कोई दूसरा उदाहरण नहीं है। श्रीकृष्ण को गोपियाँ न तो ईश्वर का अवतार समझकर ईश्वर से प्रेम करती थीं और न श्रीकृष्ण उन

गोपियों से प्रेमिका का प्रेम करते थे। ऐसी मान्यता है कि श्रीकृष्ण ब्रज में सिर्फ ग्यारह वर्ष की उम्र तक रहे और वापस गोकुल में गोपियों से मिलने के लिए नहीं गए। अतः ब्रज की गोपियाँ, जिनमें अनेक युवतियाँ थी, उनसे कैसा प्रेम करती थीं। ग्यारह वर्ष के बच्चे के साथ किसी युवती का प्रेम सिर्फ पवित्र प्रेम ही हो सकता है। यह प्रेम ही विशुद्ध प्रेम है क्योंकि इसमें वासना का लेशमात्र भी समावेश नहीं हो सकता। गोपियों के साथ रास रचानेवाले 'रसिया' कान्हा के प्रति पारस्परिक प्रेम का ऐसा अनूठा उदाहरण कहीं अन्य जगह नहीं मिल सकता है। इसलिए यह पवित्र प्रेम, विशुद्ध प्रेम अपने आपमें अद्वितीय प्रेम है।

इस तरह श्रीकृष्ण का एक और चमत्कार बताया गया कि किस तरह हर ग्वाला और हर गोपी को श्रीकृष्ण ने अपना अनुभव करवाया। रास-लीला के नृत्य में सभी ग्वाला और गोपियों के साथ श्रीकृष्ण को दिखाया गया। सभी श्रीकृष्ण के साथ नृत्य कर रहे थे तो लोगों के मन में सवाल उठता है कि इतने सारे श्रीकृष्ण कैसे आ गए? जो लोग कृष्ण को शरीर मात्र समझते हैं, वे इस बात को नहीं मान पाते। जो कृष्ण को मानते तो हैं लेकिन जानते नहीं वे कहते हैं कि कृष्ण ने माया से अपने आपको इतने रूपों में बदलकर चमत्कार दिखाया। लेकिन कृष्ण चेतना (अनुभव) को जाननेवालों ने इस कहानी द्वारा बताने का प्रयास किया कि हर गोप, गोपी, सुदामा, उद्धव, द्रौपदी, यशोदा, सभी भक्त आदि उसी अनुभव (कृष्ण) को महसूस कर रहे थे यानी चैतन्य का अनुभव हर शरीर में एक जैसा है।

अहंकार की वजह से इंसान में वह अनुभव प्रकट नहीं होता। जब लोग कृष्ण के साथ रास-लीला में अपने अहंकार का समर्पण कर देते हैं तब कृष्ण सभी के साथ एक ही समय पर दिखाई देते हैं। इस रहस्य को किस तरह बताया जाए- यही प्रयास इस रास-लीला की कहानी द्वारा बड़ी खूबसूरती से किया गया है। जो सत्य के खोजी इस बात को जान जाएँगे वे इन कहानियों की सराहना करते नहीं थकेंगे। जो सत्य की खोज शुरू करते हैं वे इन कहानियों से प्रेरित होकर भक्ति भाव में समर्पित

होते हैं। किसी को कोई एक कहानी प्रभावित करती है तो किसी को दूसरी कहानी पसंद आती है और वह कृष्ण का भक्त बन जाता है। भक्ति किसी भी कहानी से जग सकती है।

हर इंसान की गीता अलग है इसलिए कोई किसी उदाहरण से प्रेरित होता है तो कोई किसी दूसरे उदाहरण से। बतानेवालों ने कंजूसी नहीं की, उन्होंने सब तरह की कहानियाँ बनाईं। मगर सबके पीछे उद्देश्य एक ही था कि लोगों तक असली ज्ञान पहुँचे, स्व का साक्षात्कार, आत्मसाक्षात्कार हो पाए।

रासलीला रहस्य

श्रीकृष्ण को पूर्ण अवतार कहा गया क्योंकि उनके जीवन द्वारा सब तरह की बातें दर्शाई गईं। हर तरह की अभिव्यक्ति उनके जीवन में दर्शाई गई जैसे कि नृत्य अभिव्यक्ति, सुर संगीत (बाँसुरी), आनंद, ज्ञान, मौन, सेवा, मैत्री, सौंदर्य, उच्चतम प्रेम अभिव्यक्ति।

कुछ लोग रासलीला को श्रीकृष्ण की चमत्कारिक कहानी समझते हैं क्योंकि वे एक ही समय में प्रत्येक गोप-गोपी के साथ नृत्य कर रहे थे। साधारणतः लोग यह नहीं जानते कि वास्तव में रासलीला कोई बाहरी घटना नहीं है बल्कि स्वअनुभव की अवस्था का एक खूबसूरत प्रस्तुतीकरण है। जब भक्त अपने अहंकार को पूरी तरह विलीन कर, अपने भगवान में एकाकार हो जाता है तब उसके हृदय में ही रासलीला होती है। जो भी गोप-गोपियाँ इस अवस्था में स्थापित थे, वे श्रीकृष्ण (सेल्फ) के साथ आंतरिक रासलीला कर रहे थे।

चैतन्य का अनुभव हर शरीर में एक जैसा है। अहंकार की वजह से वह अनुभव प्रकट नहीं होता। जब लोग कृष्ण के साथ रासलीला में अपने अहंकार को समर्पण कर देते हैं तब कृष्ण सभी के साथ एक ही समय पर दिखाई देते हैं। इस रहस्य को किस तरह बताया जाए? यही प्रयास इस रासलीला की कहानी द्वारा बड़ी खूबसूरती से किया गया है। जो लोग इस बात को समझ पाएँगे, वे इन कहानियों की सराहना करते

नहीं थकेंगे। सत्य की खोज करनेवाले इन कहानियों से प्रेरित होकर भक्ति भाव में समर्पित होंगे।

किसी को कोई एक कहानी प्रभावित करती है तो किसी को दूसरी कहानी पसंद आती है और वह कृष्ण का भक्त बन जाता है। भक्ति किसी भी कहानी से जग सकती है। हरेक इंसान की गीता अलग है। इसलिए कोई किसी उदाहरण से प्रेरित होता है तो कोई किसी दूसरे उदाहरण से। बतानेवालों ने कंजूसी नहीं की, उन्होंने सब तरह की कहानियाँ बनाईं। मगर सबके पीछे उद्देश्य एक ही था कि लोगों तक असली ज्ञान पहुँचे, उन्हें स्व का साक्षात्कार हो पाए।

श्रीकृष्ण की नृत्य-संगीत अभिव्यक्ति का रहस्य

नृत्य और संगीत श्रीकृष्ण के जीवन का अभिन्न अंग था। कहते हैं, श्रीकृष्ण जैसा नृत्य न कोई कर सकता था, न ही बाँसुरी बजा सकता था। उनके नृत्य और संगीत के प्रभाव से लोग अपनी सुध-बुध खोकर आनंद में डूब जाते थे। वह ऐसा कौन सा नृत्य और संगीत है, उसकी क्या विशेषता है? वह नृत्य है- उच्चतम चेतना की जीवित अभिव्यक्ति। पूरे ब्रह्मांड में जो कुछ भी घट रहा है, वह कृष्ण चेतना का नृत्य ही है और वह संगीत है ईश्वरीय संगीत, जिसकी ताल से ताल मिलाकर पूरी सृष्टि चल रही है। पूरा ब्रह्मांड, नक्षत्र, ग्रह तारे... यहाँ तक कि इंसान का शरीर, उसकी नाड़ियाँ, हृदय की गति, सभी उसी ताल से ताल मिलाकर चल रहे हैं। इंसान के लिए उसके जीवन के कर्म कृष्ण का नृत्य हैं और जीवन का लयबद्ध होकर बहना कृष्ण का संगीत है।

जब किसी शरीर में उच्चतम कृष्ण चेतना प्रकाशित होती है तो उसके द्वारा किए जा रहे सभी कर्म कृष्ण का नृत्य ही होते हैं। वह सेल्फ की ताल से ताल मिलाकर जीवन जीता है। उसका जीवन दिव्य संगीत की धुन के साथ बहता जाता है, जिसमें कोई अवरोध, विरोध या प्रतिकार नहीं होता। जो उसके साथ हो रहा है या जो उसके द्वारा हो रहा है, वह उसे ईश्वर की इच्छा मानकर और ईश्वर को ही कर्ता मानकर फ्री-फ्लो

से बहता जाता है। ऐसे शरीरों को श्रीकृष्ण की मुरली भी कहा जा सकता है। जिसे वे अपने हिसाब से बजा सकते हैं। श्रीकृष्ण की खाली मुरली वे ही शरीर बन सकते हैं, जिनमें 'मैं' का भाव पूर्णतः विलीन हो चुका है।

श्रीकृष्ण (सेल्फ) की बाँसुरी लगातार बज रही है और एक ही धुन गुनगुना रही है, वह धुन है- प्रेम, आनंद, मौन...। जो शरीर इस धुन के साथ ट्यून है, जिसके जीवन में ये तीन भाव कार्य कर रहे हैं, उसके जीवन में रासलीला चल ही रही है।

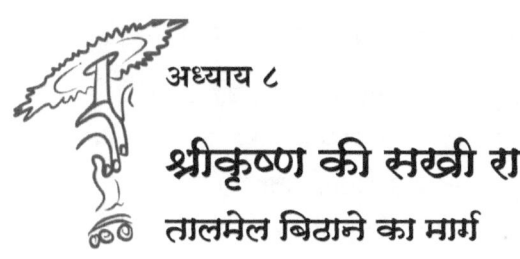

अध्याय ८

श्रीकृष्ण की सखी राधा

तालमेल बिठाने का मार्ग

जब भी मन उदास हो तो स्वयं से कहें,
''मैं दिव्य तरंग के ताल में हूँ, प्रेम के ताल में हूँ,
सुरमेल के ताल में हूँ।''

कहानी कुछ इस प्रकार है कि....

श्रीकृष्ण बैठे हैं और रुक्मिणि दूध लेकर आई हैं। अनजाने में आज वे दूध ज़्यादा गरम ले आईं। कभी-कभी भक्त से गलती होती है। श्रीकृष्ण ने वह दूध पी लीया। गरम घूँट पीते ही उनके मुख से निकला, 'हे राधे...' और रुक्मिणी को लगा, 'अरे! कृष्ण किसका नाम ले रहे हैं? दूध का चटका लगा तो उनके मुख से ''राधे'' यह नाम क्यों निकला?'

रुक्मिणी ने श्रीकृष्ण से सवाल पूछा कि 'इसका रहस्य क्या है? आप हे शिवा... हे हरि कह सकते थे मगर आपने हे राधे... क्यों कहा?'

श्रीकृष्ण ने रुक्मिणी से कहा कि 'आप यह राधा से ही जाकर पूछ लें। फलाँ-फलाँ जगह वे रहती हैं, वहाँ जाकर पूछ लें।'

रुक्मिणी अपने सवाल का जवाब जानने के लिए उत्सुक थीं। उन्होंने सोचा कि राधा के पास जाकर जानना चाहिए कि आखिर रहस्य

श्रीराम और श्रीकृष्ण अवतार 95

क्या है। अब अपना सवाल लेकर वे वहाँ जा पहुँचीं जहाँ राधा थीं।

रास्ते में उन्हें कई स्त्रियाँ मिलीं मगर राधा को देखते ही वे पहचान गईं कि 'यही राधा हो सकती है।' राधा के तेज को देखकर रुक्मिणी उनके पाँव छूती हैं। पाँव छूते वक्त उन्हें दिखाई देता है कि राधा के पाँव जले हुए हैं, उन पर फोड़े हैं। वे पूछ बैठती है कि 'आपके पाँव को क्या हो गया?' तब राधा उन्हें जवाब देती हैं, 'आपने श्रीकृष्ण को जो गरम दूध पिलाया था, यह सब उसी का नतीजा है।'

रुक्मिणी यह सुनकर दंग रह जाती हैं और आगे पूछती हैं, 'अरे! पर दूध तो मैंने श्रीकृष्ण को पिलाया था तो उसका असर आपके पाँव पर कैसे हुआ?' इस पर राधा उन्हें बताती हैं, 'जो श्रीकृष्ण के हृदय में खेलते हैं, जो उनके हृदय तक पहुँचते हैं... उन पर तो असर होना ही है।' रुक्मिणी के सामने भेद तो खुल गया, साथ ही वे यह देखकर आश्चर्यचकित भी थीं कि राधा और कृष्ण का आपस में तालमेल कितना उच्चतम है।

यदि इस कहानी में आपने राधा को एक स्त्री के रूप में और कृष्ण को पुरुष के रूप में देखा तो आप इस कहानी की गहराई को समझ नहीं पाएँगे। इस कहानी में राधा हैं स्व में स्थित शरीर। वे अनुभव यानी श्रीकृष्ण के साथ एक हो चुकी हैं। अनुभव पर जो हो रहा है, उसके लक्ष्ण शरीर पर भी दिखाई देते हैं। यह है सेल्फ और शरीर का तालमेल। इसे आप सुरमेल संगम भी कह सकते हैं।

ऐसी भक्तियुक्त कहानियों द्वारा लोगों तक यह बात पहुँचाने का प्रयास किया जाता है कि 'राधा और अनुभव एक हो चुके हैं, उन्हें अलग-अलग न समझा जाए।' यही अद्वैत अवस्था है, जहाँ दो नहीं रहे, सब कुछ एक हो चुका है। इसलिए जो एक जगह होता है उसका असर दूसरी जगह भी दिखाई देता है। कहानी द्वारा यह बात समझाने का बहुत ही खूबसूरत तरीका है।

तालमेल बिठाएँ

जिस तरह का तालमेल राधा और कृष्ण का था, उसी तरह का तालमेल हमें अपने साथ भी बनाना है। बिना तालमेल के हमारे शरीर व मन मिसट्यून हो जाते हैं।

मन में बुराई का विचार आए तो समझ जाएँ कि हम सेल्फ से मिसट्यून हो गए हैं।

जब भी रोग शरीर में प्रवेश कर जाए तो समझ लें कि हम स्वास्थ्य से मिसट्यून हो गए हैं। मन और शरीर के साथ वापस तालमेल बिठाने के लिए जिस-जिस चीज़ की आवश्यकता है वह करें। मन के लिए ध्यान करें व शरीर के लिए व्यायाम करें।

लोगों से अकसर यह गलती होती है कि जब वे मिसट्यून होते हैं तो उस वक्त जो करना चाहिए वह नहीं करते। जो नहीं करना चाहिए वह करते हैं। मान लें कि किसी को तनाव आया है तो उसमें वे और बड़बड़ करते हैं... और दुःखी होते हैं... लोगों को भी दुःखी करते हैं। इस तरह मिसट्युनिंग बढ़ती जाती है। ऐसे वक्त में खुश रहना सबसे ज्यादा ज़रूरी होता है। जब भी खुश रहते हैं तो अपने आप सेल्फ के साथ तालमेल बैठने लगता है और सारी उलझन सुलझने लगती है।

अध्याय ९

ज्ञानी उद्धव को मिली भक्ति

क्या आप श्रीकृष्ण के साथ रहते हैं?

कृष्ण का मार्ग 'उपासना' मार्ग है इसलिए जिन लोगों को
कृष्ण की उपस्थिति (उपासना) में रहना आ गया,
वे ही कृष्ण का पूरा लाभ ले पाए।

श्रीकृष्ण ने जब एक बार गोकुल छोड़ दिया तो वे दोबारा वहाँ नहीं गए। यशोदा माँ, गोप-गोपियाँ, ग्वाल बाल सबको ऐसा लगता था कि जितना प्रेम वे श्रीकृष्ण से करते हैं उतना ही प्रेम श्रीकृष्ण भी उनसे करते हैं। उनके बिना श्रीकृष्ण रह ही नहीं पाएँगे। किंतु जब श्रीकृष्ण वापस नहीं आए तो वे सब लोग उनके वियोग में तड़पने लगे।

श्रीकृष्ण के एक मित्र थे उद्धव। वे बहुत बड़े पंडित थे और उन्हें अपने ज्ञान पर बहुत गर्व था। श्रीकृष्ण ने उद्धव से परिस्थितियाँ बताते हुए कहा कि तुम गोकुल जाकर उनका वियोग अपने पांडित्य ज्ञान से दूर करो। उन्हें निर्गुण ब्रह्म की उपासना का पाठ सिखलाओ। उद्धव के प्रस्थान से पहले श्रीकृष्ण ने उनके ज्ञान की सराहना करते हुए कहा कि 'सिर्फ तुम्हारा ज्ञान ही उनका मोह दूर कर सकता है।' उद्धव महापंडितों को ज्ञान दिया करते थे अतः उन्होंने अनुमान लगा लिया कि वे अशिक्षित गोपियों को अच्छी तरह से समझा देंगे।

इसी अहंकार के साथ उद्धव गोकुल गए, जहाँ गोपियाँ ही नहीं पूरा ब्रज श्रीकृष्ण के वियोग में व्याकुल था। जैसे ही उद्धव ने उन्हें समझाना शुरू किया वे लोग श्रीकृष्ण प्रेम की कथा सुनाकर, उनके साथ बिताए दिनों को याद कर-करके, उन सभी कथाओं को सुनाना शुरू कर दिया जो श्रीकृष्ण से संबंधित थीं। उन लोगों ने उद्धव को बोलने का मौका ही नहीं दिया। जब उद्धव यशोदा माँ के पास समझाने के लिए गए तो श्रीकृष्ण के जगने से लेकर माखन माँग-माँगकर खाने का वर्णन, गोपियों के साथ छेड़खानी और दिन में अनेकों बार उलाहना आने की वार्ता आदि का वर्णन करते-करते यशोदा का विलाप बंद होने का नाम ही नहीं लेता था। ऐसे करूण वातावरण में उद्धव का सारा ज्ञान धरा का धरा रह गया और गोपियों तथा यशोधा माँ सहित गोकुल वासियों ने उद्धव को करुण प्रेम रस तथा सगुण श्रीकृष्ण भक्ति का पाठ पढ़ाना शुरू कर दिया।

गोपियाँ उद्धव से परदेशी श्रीकृष्ण की बातें पूछ रही हैं। वे कहती हैं कि श्रीकृष्ण एक पखवाड़े का समय देकर गए थे किंतु पूरा महीना बीत चला है वे नहीं आए। उनके पत्र की प्रतीक्षा करते-करते हरदम जी व्याकुल रहता है। दिन हमें एक वर्ष के समान प्रतीत होता है। इस प्रकार का जीवन बरदाश्त नहीं होता है। अब तो ऐसी स्थिति हो गई है कि यदि हम लोग विष भी खा लें तो हमें कौन मना करेगा? इस प्रकार यशोदा और गोप-गोपियों के विलाप के बीच उद्धव भौंचके हो गए और वापस श्रीकृष्ण के पास आ गए। आते ही श्रीकृष्ण का पाँव पकड़कर स्वीकार किया कि उन लोगों के प्रेम ज्ञान के मुकाबले में मेरा ज्ञान कुछ भी नहीं हैं। इस प्रकार श्रीकृष्ण ने उद्धव का अहंकार दूर किया।

उद्धव को हमेशा यही लगता था कि श्रीकृष्ण तो सिर्फ मेरे पास हैं। श्रीकृष्ण जानते थे कि उद्धव को सिखाने के लिए सिर्फ ज्ञान ही काफी नहीं है, उनके साथ कुछ और बातें भी होनी चाहिए। इसलिए उन्होंने उद्धव को ब्रज में, ब्रजवासियों का हाल जानने के लिए भेज दिया। उद्धव को लग रहा था कि श्रीकृष्ण तो उनके पास ही हैं इसलिए वे बड़े ज्ञानी व

आनंद में हैं। मगर गोप-गोपियों की बातें सुनकर वे हैरान रह गए। उनकी समझ में आया कि **गोप-गोपियाँ श्रीकृष्ण के साथ नहीं बल्कि श्रीकृष्ण बनकर ही जी रहे थे।** उन्होंने बाद में स्वीकार भी किया कि जिस अवस्था को पाने के लिए योगी कठिन तप करते हैं, वह इन गोपियों को सहज ही प्राप्त है।

वास्तव में कुदरत हर इंसान की ज़रूरतों का पूरा खयाल रखती है। जिसे जिस चीज़ की ज़रूरत होती है, इंसान की पात्रता तैयार होते ही वह चीज़ उस तक पहुँचती है। उद्धव को भक्ति का महत्त्व जानने की आवश्यकता थी और गोप-गोपियों को मोह का नाश करनेवाले ज्ञान की। उनमें अटूट भक्ति तो थी मगर श्रीकृष्ण की वास्तविक पहचान नहीं थी। श्रीकृष्ण ने ऐसी व्यवस्था की कि दोनों पक्षों ने एक-दूसरे से अधूरी सीख ले ली।

भक्ति की साकार मूरत– गोपिकाएँ

भक्ति कृष्ण (सत्य चेतना) को पाने का सबसे सरल और सहज मार्ग है। यदि 'भक्ति क्या है और कैसे होनी चाहिए', इस संदेश को एक साकार मूरत में ढाला जाए तो वह वृंदावन के गोप-गोपियों की ही मूरत बनेगी। 'भक्ति' बेशर्त समर्पित प्रेम का नाम है। भक्ति की एक मात्र पात्रता ईश्वर से विशुद्ध प्रेम है और कुछ नहीं। जो हृदय से ईश्वर के अथाह प्रेम में डूबकर भक्ति करते हैं, उन्हें भगवान को पाने के लिए न तो बड़ी-बड़ी ज्ञान की पोथियाँ पढ़ने की ज़रूरत है, न ही विधि-विधान, कर्मकांड, कठिन नियम-पालन इत्यादि करने की। न घर छोड़कर संन्यास लेने की, न ही हिमालय पर जाने की। सिर्फ अपने हृदय में ईश्वर के प्रति सच्चा, शुद्ध, समर्पित, निष्काम प्रेम रखने से ही उन्हें ईश्वर मिल जाता है।

अपने अनुमान से उद्धव ने गोपियों को साधारण स्त्री ही समझा। उनके सामने उन्होंने स्वयं को ज्ञानी, सिखानेवाला समझा, जो उनके

सत्वगुणी अहंकार को दर्शाता है। ज्ञानमार्ग में इस तरह का अहंकार पनपने की संभावना रहती है। कोई इंसान भक्ति की कितनी उच्चतम अवस्था पर है, इसका अंदाजा उसे देखकर नहीं लगाया जा सकता। संत रविदास जूते बनाते-बनाते, संत कबीर कपड़े बुनते हुए, शबरी सेवाकार्य करते हुई भी स्वअनुभव में लीन रहते थे। हालाँकि बाहर से तो वे साधारण ही दिखते मगर उनकी आंतरिक अवस्था उच्चतम थी।

जो लोग ज्ञान के द्वारा कृष्ण को पहचानकर उनकी भक्ति कर रहे थे, जिन्हें सही तरह से कृष्ण की उपस्थिति में रहना आ गया, उन्होंने कृष्ण का पूरा-पूरा लाभ लिया। यशोदा, राधा, सुदामा, उद्धव, द्रौपदी, भीष्म, गोप-गोपियाँ इन सबको जो अलग-अलग समय पर अलग-अलग अनुभव करवाए गए, उससे पता चलता है कि इन लोगों ने श्रीकृष्ण के साथ रहने का सही लाभ लिया।

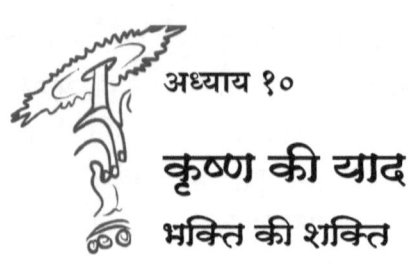

अध्याय १०

कृष्ण की याद

भक्ति की शक्ति

यदि कृष्ण को शरीर मानकर कहानियाँ पढ़ेंगे
तो श्रीकृष्ण की कहानियों से आपका कोई लाभ
नहीं होगा। कृष्ण शरीर नहीं 'चेतना' है।

महाभारत की कथा में एक ऐसा प्रसंग है, जिसने कौरवों के विनाश की नींव रखी। वह है द्रौपदी के चीरहरण का प्रसंग। सतही बुद्धि से पढ़नेवाले तो इसे 'चीरहरण प्रसंग' ही कहेंगे लेकिन वास्तव में यह 'हरण' का नहीं बल्कि 'धारण' का प्रसंग है। इसमें द्रौपदी के वस्त्रों का हरण नहीं हुआ बल्कि उसने समर्पण, त्याग के उच्चतम भावों यानी 'भावगीता' को धारण किया। उस समय द्रौपदी ने संसार के सामने यह सत्य रखा कि जब इंसान भगवान के सामने पूरी तरह समर्पित हो जाता है तब वह चेतना की उच्चतम अवस्था पर पहुँचता है, साथ ही होनेवाले अपमान से बच जाता है। इस अध्याय में हम द्रौपदी की भावगीता (अवस्था) समझनेवाले हैं।

द्रौपदी, श्रीकृष्ण को अपना गुरु, भाई और सखा मानती थी। श्रीकृष्ण ने द्रौपदी को जो सलाहें दीं, उसने मानीं और उन पर काम भी किया। बात उस समय की है जब दुर्योधन और शकुनी ने छल से पांडवों का सब कुछ छिनने की योजना बनाई। उन्होंने पांडवों को जुआ खेलने के

लिए आमंत्रित किया। परंपरा के अनुसार युधिष्ठिर ने कौरवों का आमंत्रण स्वीकार कर लिया।

खेल शुरू हुआ। शकुनी छल से पासें फेंकने लगा जिससे पांडव लगातार हारते गए। हर बार उनका कुछ-न-कुछ दाँव पर लगता गया, जिसे कौरव जीत जाते। धीरे-धीरे पांडवों की सारी धन-संपदा, राजमहल, राज्य दाँव पर लग गया। यहाँ तक कि शकुनी की चाल में फँसकर वे स्वयं को भी जुए में हार बैठे और दुर्योधन के दास हो गए। पांडव सब कुछ हार चुके थे, द्रौपदी के सिवाय... और आखिरी बाजी में युधिष्ठिर द्रौपदी को भी हार बैठे।

दुर्योधन इसी क्षण की प्रतीक्षा में था कि कब वह द्रौपदी को भरी सभा में अपमानित कर, अपने अपमान का बदला ले सके। दुर्योधन के आदेश पर द्रौपदी को घसीटकर दरबार में लाया गया और उसके चीरहरण का प्रयास किया गया। द्रौपदी अपनी मर्यादा की रक्षा के लिए गिड़गिड़ाने लगी।

पहले उसने अपने बल से अपने वस्त्रों को बचाने के प्रयास किए पर जब उसने देखा कि शत्रु तो शत्रु हैं ही, मित्र-परिजन भी शत्रु हो गए हैं तब उसने अपने सारे प्रयास छोड़कर श्रीकृष्ण की शरण ली। वह पूरी तरह श्रीकृष्ण को समर्पित होकर समाधिमग्न हो गई!

उस समय श्रीकृष्ण सभा में उपस्थित नहीं थे। फिर भी अदृश्य रहकर उन्होंने द्रौपदी की लाज बचाई। कहानी के अनुसार जब द्रौपदी ने श्रीकृष्ण के भरोसे साड़ी पर अपनी पकड़ छोड़ दी तब श्रीकृष्ण ने स्वयं उसकी साड़ी का आकार बढ़ाना शुरू किया। दु:शासन साड़ी खींचते-खींचते थक गया, उसकी शक्ति समाप्त हो गई लेकिन साड़ी की लंबाई बढ़ती ही गई।' इस तरह द्रौपदी का अपमान होने से बच गया।

प्रस्तुत कहानी में द्रौपदी की हालत ऐसी थी कि वहाँ घट रही घटनाओं पर उसका कोई नियंत्रण नहीं था। उसने अपने दम पर स्थिति

को संभालने की कोशिश की मगर सभी प्रयास विफल हो रहे थे। इंसान के साथ भी अकसर ऐसा होता है। परिस्थितियाँ प्रतिकूल और उसके वश से बाहर हो जाती हैं। ऐसे में उसे द्रौपदी की तरह ही ईश्वर के प्रति पूर्ण समर्पण कर देना चाहिए। जब बात इंसान की बुद्धि और मन से परे चली जाती है तब सिर्फ सेल्फ (श्रीकृष्ण) का मार्गदर्शन ही उसे बचा सकता है। उसकी सलाह से जीने पर जीवन में संतुलन स्थापित रहता है। अतः जीवन में आपको जब भी उचित निर्णय लेना हो तो अपने हृदयस्थान पर जाकर सेल्फ के जवाब सुनें। वहीं से आपको योग्य समझ मिलेगी।

वस्त्रहरण के वक्त द्रौपदी श्रीकृष्ण द्वारा दी गई समझ का उपयोग कर पाई। यही बात प्रतिकात्मक रूप में दिखाई गई कि जब वह पूरी तरह से समर्पित हुई तब वह अपमानित होने से बच गई। जब भक्त आज्ञा में रहता है और अपने पुराने गलत संस्कारों के विरुद्ध भक्तियुक्त प्रतिसाद देता है तब उसका अपमान होने से बच जाता है। द्रौपदी जब तक अपने दम पर प्रतिसाद दे रही थी यानी अहंकारयुक्त बात कर रही थी तब तक उसे अपमानित होने से कोई नहीं बचा पाया। लेकिन जब वह पूर्ण तरीके से समर्पित होकर श्रीकृष्ण की सिखावनी अनुसार, चाहे वह अतार्किक थी, व्यवहार कर पाई तब अपमानित होने से बच गई। ऐसी बहुत सी घटनाएँ हैं, जिनमें कृष्ण चेतना का एक-एक पहलू सामने आता है।

भावगीता धारण

श्रीकृष्ण ने अर्जुन और द्रौपदी दोनों को ज्ञान दिया मगर अलग-अलग तरीके से। अर्जुन बुद्धि में रहता था इसलिए युद्ध के मैदान में उसे शब्दों में गीता का ज्ञान दिया गया। द्रौपदी को शाब्दिक नहीं बल्कि भाव में ज्ञान दिया गया। उसे श्रीकृष्ण द्वारा 'भावगीता' मिली। इसे धारण करने की प्रक्रिया ही त्याग और समर्पण की उच्चतम अवस्था है। द्रौपदी ने जब स्वयं के शील को बचाने की अपनी शक्ति छोड़ दी यानी वह जिस साड़ी को पकड़े हुए थी, उसे भी छोड़ दिया तब उसे श्रीकृष्ण द्वारा ज्ञान मिला और उसने भावगीता धारण की।

कहानियों में तो ऐसा ही बताया जाता है कि द्रौपदी द्वारा साड़ी छोड़ने पर श्रीकृष्ण ने स्वयं उसकी साड़ी का आकार बढ़ाना शुरू किया। दु:शासन साड़ी खींचते-खींचते थक गया, उसकी शक्ति समाप्त हो गई लेकिन साड़ी समाप्त नहीं हुई। यह द्रौपदी की आंतरिक अवस्था की ओर संकेत है, जिसके द्वारा उसके संपूर्ण समर्पण का भाव समझाने का प्रयास किया गया। हकीकत में ७०० साड़ियों के बहाने द्रौपदी को ७०० श्लोक मिले। गोल-गोल घूमकर वह उनमें दिए गए ज्ञान को आत्मसात करती रही। उस समय वह भक्ति और कृतज्ञता के भाव में पूर्णतः ग्रहणशील थी।

आप भी इस भाव में रहकर ईश्वर कृपा को ग्रहण कर सकते हैं।

अध्याय ११
वृत्तियों से मुक्ति
ताकत के अहंकार से बचें

कृष्ण चेतना को समझते ही ताकत के अहंकार से इंसान बच जाता है और स्वीकार समर्पण भाव से भक्ति में रम जाता है।

जरासंध की कहानी द्वारा भी कुछ इशारा किया गया। जरासंध ऐसा इंसान था जो दो आधे-आधे शरीरों से बना था। जब उसका भीम के साथ युद्ध हुआ तो भीम ने उसे मारने की बहुत कोशिश की लेकिन वह नहीं मरा। भीम उसके शरीर को बार-बार दो हिस्सों में चीरकर फेंक देता परंतु वह फिर से जुड़ जाता था। बाद में श्रीकृष्ण ने भीम को एक इशारा किया। श्रीकृष्ण ने घास का एक तिनका उठाया। उस घास के तिनके को उन्होंने दो हिस्सों में चीरकर, विरूद्ध दिशा में फेंक दिया। भीम ने वह इशारा पकड़ा और उन्होंने जरासंध के शरीर को दो हिस्सों में चीरकर उन दोनों हिस्सों को उलटी दिशाओं में फेंक दिया ताकि वे फिर से न जुड़ सकें। श्रीकृष्ण ने भीम को मार्गदर्शन दिया जिसके कारण जरासंध मारा गया।

इस कहानी के द्वारा यह समझाने का प्रयास किया गया था कि किस तरह शरीर की वृत्तियाँ, आदतें आप तोड़ते हैं तो वे फिर से जुड़ जाती

हैं। उन वृत्तियों को कैसे तोड़ा जाए ताकि वे वापस न जुड़ पाएँ। भीम को श्रीकृष्ण ने इशारे द्वारा समझाया क्योंकि भीम जल्दी समझ नहीं पाते थे, उन्हें अपनी ताकत पर ज्यादा भरोसा था। इंसान भी अपनी ताकत के अहंकार में तेजस्थान (हृदय) से मार्गदर्शन नहीं लेता। जब वह असहाय हो जाता है तब ही वह प्रार्थना करता है। लेकिन इंसान को चाहिए कि वह बुद्धि के साथ हृदय का भी सुने। दोनों का वह समतल व समांतर उपयोग करे। हर इंसान को चाहिए कि वह अपने केंद्र (सेंटर) पर जाकर निर्णय ले। इस तरह ताकत के अहंकार से इंसान बच जाता है और स्वीकार समर्पण भाव से भक्ति में रम जाता है। वरना कृष्ण साथ में होते हुए भी इंसान भीम की तरह सोचता है 'मेरी ताकत।' लेकिन जब भीम ने इशारा समझा तो तुरंत जरासंध का वध हो गया।

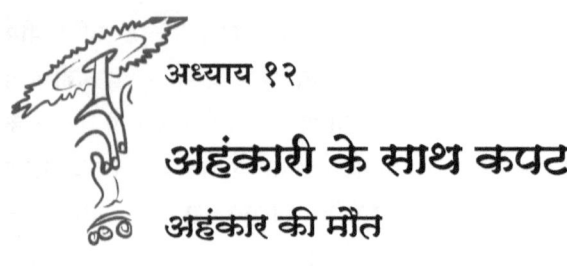

अध्याय १२
अहंकारी के साथ कपट
अहंकार की मौत

इंसान अपनी ताकत के अहंकार में हृदय
से मार्गदर्शन नहीं लेता। जब वह असहाय हो जाता है
तब ही वह प्रार्थना करता है। लेकिन इंसान को चाहिए कि
वह बुद्धि के साथ हृदय की भी सुने।
दोनों का वह समतल व समांतर उपयोग करे।

महाभारत की युद्ध में सभी कौरव मारे गए। महाभारत की लड़ाई के अंत में सिर्फ दुर्योधन बच गया। अपनी दृष्टि की ताकत से दुर्योधन को फौलादी शरीर प्रदान करने के लिए गांधारी ने उसे निर्वस्त्र देखने के लिए बुलाया था। जब दुर्योधन निर्वस्त्र होकर गांधारी के पास जा रहा था तब चतुर श्रीकृष्ण ने गांधारी की मंशा जान ली और दुर्योधन को कहा, 'तुम अपनी माँ के पास निर्वस्त्र जा रहे हो, यह तो निर्लज्जता की चरम सीमा है। क्या तुम्हें अपनी माता के सामने इस तरह खड़े रहने में शर्म नहीं आएगी?' यह सुनकर दुर्योधन ने लज्जा निवारण के लिए लंगोट पहन लिया। जैसे ही गांधारी ने दुर्योधन को अपनी आँखों की पट्टी उतारकर देखा तो उसका नग्न शरीर फौलाद का बन गया। लंगोट से ढके अंग के सिवाय दुर्योधन का सारा शरीर वज्र हो गया था। यदि वह निर्वस्त्र गया होता तो उसका पूरा शरीर वज्र ही गया होता और उसे मारना असंभव होता। जब भीम के साथ उसका युद्ध हुआ और भीम दुर्योधन को मारने में

असफल रहा, तब दुर्योधन को परास्त करने के लिए श्रीकृष्ण ने भीम को इशारे से दुर्योधन की कमर के नीचे पर प्रहार करने के लिए कहा। भीम ने श्रीकृष्ण का इशारा समझकर आज्ञा का पालन किया और दुर्योधन मारा गया।

श्रीकृष्ण ने दुष्ट पात्रों के साथ, अहंकारियों के साथ कपट किया। दुष्टों (अहंकार) के साथ कपट किया जा सकता है, नहीं तो वह नहीं गिरेगा। सभी बातें अहंकारियों को बताई जाएँ तो वह ज्ञानी बनकर बैठ जाता है। व्यक्ति के अहंकार की मौत होती है तो अनुभव प्रकट होता है वरना अनुभव प्रकट नहीं हो पाता।

इस तरह श्रीकृष्ण ने दुर्योधन को अपनी बातों में उलझाकर सही बात का पता लगा लिया और उससे कपट करके गांधारी के सामने भेजा। उन्होंने दुर्योधन के साथ कपट किया ताकि अहंकार मरे। यदि वैसा नहीं किया होता तो दुर्योधन मरता ही नहीं, अहंकार की मौत होती ही नहीं। अहंकार के साथ किस तरह का कपट था? वह कपट अहं को मारने के लिए था। कपटी दुर्योधन के विनाश के लिए श्रीकृष्ण का उसी की भाषा में उसे मात देना आवश्यक था।

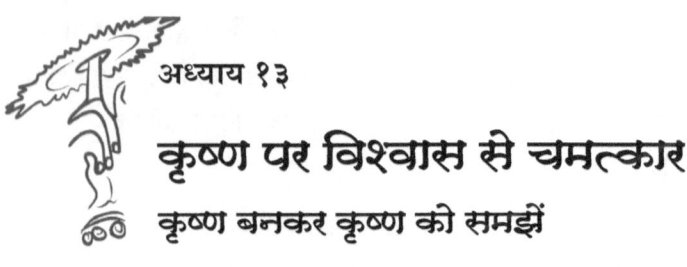

अध्याय १३

कृष्ण पर विश्वास से चमत्कार

कृष्ण बनकर कृष्ण को समझें

ईश्वर ने इंसान के अंदर आधा सर्किट (नक्शा) डाल रखा है। आधा सर्किट (नक्शा) ईश्वर के साथ है। जब दोनों मिलते हैं तब सर्किट पूर्ण होता है। जब सर्किट पूर्ण होता है तब होता है चमत्कार।

आपने ऋषी दुर्वासा की कहानी सुनी होगी। जब ऋषी दुर्वासा अपने दस हज़ार शिष्यों के साथ दुर्योधन के घर खाना खाने गए तब दुर्योधन ने उन्हें कहा, 'फलाँ-फलाँ जगह पर पांडव भी रह रहे हैं, आप उनके भी मेहमान बनें।' यह कहकर दुर्योधन ने ऋषी दुर्वासा को पांडवों के घर भेज दिया लेकिन पांडवों के घर तो सभी खा-पीकर बैठे थे। फिर वहाँ दुर्वासा अपने दस हजार शिष्यों के साथ पहुँचे। अब पांडवों के सामने बड़ी समस्या आ गई कि सबको खाना कैसे खिलाएँ? ऋषी दुर्वासा और उनके शिष्यों ने पांडवों से कहा, 'आप खाना बनाकर रखिए, हम नहाकर आते हैं।' यहाँ द्रौपदी परेशान बैठी थी कि इतने सारे लोगों का खाना कहाँ से आएगा? ऐसी परिस्थिति में वह श्रीकृष्ण को याद करने लगी। श्रीकृष्ण वहाँ आए और उन्होंने द्रौपदी से कहा, 'मुझे बहुत भूख लगी है, मुझे खाना चाहिए।' द्रौपदी को लगा श्रीकृष्ण समस्या सुलझाने के बजाय बढ़ा रहे हैं।

द्रौपदी ने श्रीकृष्ण को कपटमुक्त बताया, 'घर पर खाना तो नहीं है।' यह सुनकर श्रीकृष्ण ने द्रौपदी से कहा, 'यह कैसे हो सकता है, ज़रा ध्यान से देखो बर्तन में होगा।' द्रौपदी बर्तन लेकर आई और श्रीकृष्ण से कहा, 'देखो बर्तन में, खाना कहाँ है, कुछ नहीं है।' तो श्रीकृष्ण ने द्रौपदी से कहा, 'ज़रा ध्यान से देखो।' श्रीकृष्ण को बर्तन के किनारे पर एक चावल का दाना लगा हुआ दिखाई दिया, जो किसी को नज़र नहीं आया था। श्रीकृष्ण ने कहा, 'यह क्या है? यह चावल है न।' यह कहकर श्रीकृष्ण ने वह चावल का दाना खा लिया।

आगे कहानी में बताया गया कि जैसे ही श्रीकृष्ण ने चावल का वह दाना खाया, वैसे ही उन दस हजार लोगों को अचानक संतुष्टि मिल गई, उनका पेट अचानक भर गया। अब वे सभी सोचने लगे कि 'हमारा पेट तो भर गया है। अब हम क्या करें, खाना खाने कैसे जाएँ?'

अब श्रीकृष्ण ने पांडवों को कहा, 'तुम जाकर उन्हें बुलाकर लाओ।' यह सुनते ही पांडवों ने कहा, 'अरे! आप क्या बोल रहे हैं, हमारे पास उन्हें खिलाने के लिए खाना नहीं है और आप कह रहे हैं कि उन्हें बुलाकर लाओ।' यहाँ आपको समझ में आएगा कि किस तरह भक्त का विश्वास भगवान पर से कभी-कभी डगमगाता है।

श्रीकृष्ण की आज्ञा मानकर पांडव ऋषी दुर्वासा और उनके शिष्यों को बुलाने गए। जब पांडव वहाँ पहुँचे तो उन्होंने कहा, 'हमें क्षमा करें,। हम नहीं आ पाएँगे, हमारा पेट भरा हुआ है। फिर किसी दिन आएँगे।'

श्रीकृष्ण लीला के इस भाग में आपने देखा कि कैसे चावल के एक दाने ने दस हज़ार शिष्यों का पेट एक साथ भर दिया। यानी एक दाना कितनी बार, कई गुना बढ़ता है। कहानी में यह समझाया गया कि ईश्वर को काम करने के लिए कुछ तो देना पड़ता है। किसान जब ज़मीन में बीज डालता है तब उसे हज़ार गुना ज्यादा फसल मिलती है। अगर आप बिना कोई बीज डाले चमत्कार की उम्मीद करेंगे तो कुछ नहीं होगा। चमत्कार होने के लिए भी कुछ देना पड़ता है। कोई बीज, विश्वास का

बीज डालना पड़ता है और बीज डालकर भाग नहीं जाना है। विश्वास के साथ समस्या का मुकाबला करना है। लेकिन हम कहानियों पर कभी इस तरह से सोचते ही नहीं। आप सिर्फ इतना सोचते हैं कि 'हाँ, यह अच्छी कहानी थी।' **छोटी कहानियों में जीवन के बड़े रहस्य समझाए जाते हैं।**

चावल का छोटासा दाना बीज का काम कर सकता है, यह बात समझकर हम ईश्वर (कृष्ण) को विश्वास बीज सही समझ के साथ अर्पण कर सकते हैं। जैसे किसान पहले जमीन में बीज बोता है, फिर फसल पाता है। वह यह नहीं कहता कि 'पहले फसल मिल जाए फिर बीज बोऊँगा।' किसान समझदार है, इंसान नहीं। पहले बीज बोया जाता है फिर ईश्वर उस पर काम करता है।

इंसान ईश्वर से माँग करता है, 'मेरा यह काम हो जाए तो मैं नारियल फोड़ूँगा।' वह यह नहीं कहता कि 'पहले मैं नारियल फोड़ूँगा फिर मेरा काम करना।' वह ऐसा सोचता है कि 'मुझे दस हजार रूपए मिल जाएँ तो उसमें से दस प्रतिशत दान करूँगा।' क्योंकि उसने जाना ही नहीं कि ईश्वर के कार्य करने का तरीका क्या है? ईश्वर ने इंसान के अंदर आधा सर्किट (नक्शा) डाल रखा है। और आधा सर्किट (नक्शा) ईश्वर के पास है। जब दोनों मिलते हैं तब सर्किट पूर्ण होता है। जब सर्किट पूर्ण होता है तब होता है चमत्कार। सर्किट में अगर एक भी वायर (तार) निकल गई है तो काम नहीं होता है। ईश्वर के काम करने का तरीका अनोखा है। ऐसा तरीका विश्व में कहीं नहीं है।

केवल इंसान को ही ईश्वर की ज़रूरत है ऐसा नहीं है, ईश्वर को भी अपनी अभिव्यक्ति के लिए इंसान की ज़रूरत है। केवल चित्र को चित्रकार की ज़रूरत नहीं है, चित्रकार को भी चित्र की ज़रूरत है। ईश्वर ऐसा चित्र बनाना चाहता है, जो चित्र दूसरे चित्र बनाए। इंसान के द्वारा बनाए गए चित्र, चित्र नहीं बनाते लेकिन ईश्वर के द्वारा बनाए गए चित्र– ऐसे चित्र बनाते हैं, जो चित्र और नए चित्र बनाते हैं। ईश्वर ये सब करने के लिए इंसान से विश्वास बीज डलवाता है फिर वह चाहे चावल का

एक छोटा दाना ही क्यों न हो। उसके बाद ईश्वर उस बीज पर काम करके इंसान की जरूरत अनुसार चमत्कार करता है। जैसे पांडवों की समस्या का समाधान एक छोटे विश्वास बीज द्वारा किया गया। यह है ईश्वर के काम करने का तरीका। यह ज्ञान आपकी मदद करेगा।

अगर श्रीकृष्ण की हर लीला पर सही तरीके से मनन करेंगे तो जीवन के हर पहलू पर आपको समझ मिलेगी। कहानी को आप तब समझ पाएँगे जब सही (हॅलीकॉप्टर के) दृष्टिकोण से उसे देखेंगे। जैसे एक कहावत है कि 'कबीर बनकर ही कबीर को जान सकते हैं', वैसे ही कृष्ण बनकर कृष्ण की कहानियों को समझ सकते हैं।

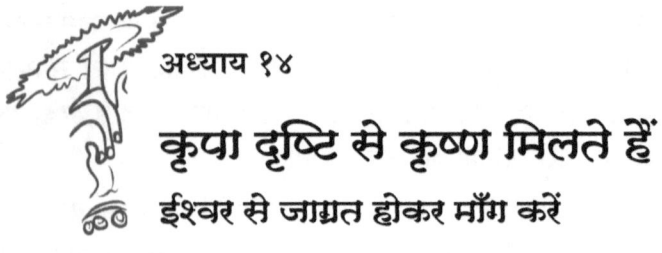

अध्याय १४
कृपा दृष्टि से कृष्ण मिलते हैं
ईश्वर से जाग्रत होकर माँग करें

दुर्योधन यदि श्रीकृष्ण से उनके भक्त भी माँगते तो
भी महाभारत की युद्ध में वे जीत नहीं सकते थे
लेकिन कम से कम वे हारते भी नहीं थे।

श्रीकृष्ण की एक लीला में बताया गया कि उनकी अपनी सेना थी, जिसे दुर्योधन अपनी सेना में मिलाना चाहता था। मगर उसके लिए श्रीकृष्ण ने एक शर्त रखी। उनकी सारी सेना एक तरफ जाएगी और वे अकेले निरस्त्र यानी बिना हथियार के दूसरी तरफ जाएँगे। दुर्योधन ने उनकी सेना माँगी किंतु श्रीकृष्ण ने अपना निर्णय सुरक्षित रखते हुए कहा कि 'कल प्रातःकाल जो मुझे पहले दिखेगा उसे श्रीकृष्ण की पूरी सेना या बिना हथियार के श्रीकृष्ण, इन दोनों में से एक माँगने का अधिकार मिलेगा।

रातभर दुर्योधन को नींद नहीं आई और सुबह-सवेरे वह श्रीकृष्ण के यहाँ गया मगर वे सो रहे थे। दुर्योधन राजा होने के अहंकार में उनके सिरहाने बैठकर उनके जगने की प्रतीक्षा करने लगा। अर्जुन बाद में पहुँचे और वे श्रीकृष्ण के पैताने यानी पैर की तरफ प्रणाम करके बैठ गए। थोड़ी देर बाद श्रीकृष्ण जागे और उठकर बैठे तो सामने अर्जुन दिखाई दिए। उन्होंने ज्यों ही पूछा कि 'बोलो अर्जुन तुम्हें क्या चाहिए?' उसी समय दुर्योधन नाराज़ होकर बोला कि वह अर्जुन से पहले आया है। श्रीकृष्ण ने

उस पर ध्यान न देते हुए कहा कि 'शर्त यह थी कि जिसे मैं पहले देखूँगा उसे पहले माँगने का अधिकार होगा और मैंने अर्जुन को पहले देखा है।' अर्जुन ने श्रीकृष्ण से उन्हें ही माँगा। इस पर दुर्योधन बहुत खुश हुआ क्योंकि उसे तो सेना ही चाहिए थी, जो उसे मिल गई।

अर्जुन थोड़ा समझदार था, उसने श्रीकृष्ण को कहा, 'मुझे आपकी सेना नहीं आप ही चाहिए।' हालाँकि 'आप' से उसका अर्थ कृष्ण का शरीर था। वह कृष्ण को शरीर मानकर उसे माँग रहा था। उसने कृष्ण को पहचाना नहीं था लेकिन कम से कम उसे कृष्ण के शरीर की तो पहचान हुई थी। वह पहचान भी बहुत महत्वपूर्ण है।

दुर्योधन श्रीकृष्ण को बिलकुल नहीं पहचानता था। वह यदि श्रीकृष्ण से उनके भक्त भी माँगता तो भी महाभारत की युद्ध में वह जीत नहीं पाता परंतु कम से कम वह हारता भी नहीं था। श्रीकृष्ण अर्जुन को कभी-कभी अपने भक्तों को मारने का आदेश नहीं देते थे। दुर्योधन के लिए सेना ही शक्ति थी। भक्ति की शक्ति दुर्योधन के दिमाग से कोसों दूर थी। अर्जुन श्रीकृष्ण के पैर की तरफ समर्पण भाव की वजह से बैठा न कि मन की महत्त्वाकांक्षा की वजह से बैठा। अर्जुन में भक्ति की संभावना थी इसलिए अर्जुन का हृदय खुल पाया, जब वह कृष्ण के विराट अनुभव को जान पाया। दुर्योधन का हृदय सिकुड़ा हुआ, प्रेमरहित था। दुर्योधन की बुद्धि रखनेवाले कभी भी कृष्ण के अनुभव को जान नहीं पाएँगे। कृष्ण को अनुभव करने के लिए मीरा, राधा, सुदामा, गोपियों जैसा हृदय चाहिए।

इस कृष्ण लीला में बताया गया है कि कृष्ण सो रहे थे लेकिन हकीकत में जो जाग गया वही कृष्ण, बुद्ध, महावीर, नानक, कबीर होता है। श्रीकृष्ण जानते थे कि कौन क्या माँगेगा। श्रीकृष्ण ने दोनों को मनन करने का मौका दिया। श्रीकृष्ण परम समाधि में लेटे हुए थे। श्रीकृष्ण ने कहा है कि 'दुनिया जब सोती है तब योगी जागता है।' जब सभी लोगों की रात होती है तब वह योगी के लिए दिन होता है। योगी की रात भी दिन है, दिन तो दिन (जाग्रण) है ही। जाग्रत इंसान के पास जाग्रत होकर ही जाना चाहिए। दुर्योधन तो परम बेहोशी में कृष्ण के पास गया इसलिए उसकी हार निश्चित थी।

अध्याय १५
कृष्ण से कपटमुक्त कैसे रहें
यदा यदा ही धर्मस्य, ग्लानिर्भवति भारत...

अनुभव का जन्म मान्यताओं की जेल में ही होता है और
अनुभव के पैदा होते ही सब मान्यताओं की जंजीरें टूटने लगती हैं।

श्रीकृष्ण की लीलाओं में एक मूल बात देखी जाती है कि अहंकार की मृत्यु होनी आवश्यक है। अहंकार अगर ज़िंदा है तो चीरहरण कांड हो सकता है, महाभारत हो सकती है। अहंकार जब तक जिंदा है तब तक आतंक ही होता है। लोगों के अहंकार को खत्म करने के लिए श्रीकृष्ण ने बहुत कुछ किया, जिसे कुछ लोग आज भी गलत मानते हैं।

कुछ बातों को वाद-विवाद का विषय करके लिया जाता है। मगर लोग यह समझ ही नहीं पाते कि इन कहानियों द्वारा क्या समझाने का प्रयास किया गया है। श्रीकृष्ण की कहानियों में जो घटनाएँ बताई गई हैं, वे ठीक वैसी ही हुई हैं ऐसा बिलकुल नहीं है। कहानी में बताया गया कि गोपियों के वस्त्र चोरी किए गए, ऐसा नहीं है। लोग ऐसा ही सोचते हैं कि श्रीकृष्ण ने गोपियों के वस्त्र चोरी किए और फिर जो भी गोपियाँ नहा रही थीं उन्हें कहा कि 'तुम्हें अपने वस्त्र चाहिए तो जमुना से बाहर आकर ले लो।' यानी उन गोपियों को नदी से निर्वस्त्र बाहर आना पड़ेगा।

यह सुनकर लोगों को लगता है कि क्या श्रीकृष्ण ऐसे थे! मगर यह समझें कि श्रीकृष्ण में कोई वासना नहीं थी। कहानी में बताने का प्रयास किया गया कि उन गोपियों को बताया गया है कि कपटमुक्त होना क्या होता है। श्रीकृष्ण के सामने जा रहे हैं तो कपटमुक्त होकर जाएँ। यह एक आंतरिक अवस्था है।

श्रीकृष्ण ने गोपों को जो ज्ञान दिया वह तो उच्चतम स्तर का ज्ञान था। वह ज्ञान कहानियों मे कैसे लाया जाए? कपटमुक्त होना कैसे होता है, इसे कहानी द्वारा कैसे समझाया जाए? गोपियों ने श्रीकृष्ण को कपटमुक्त होकर क्या बताया, यह कहानियों में कैसे समझाया जाएगा क्योंकि वे तो गुप्त बातें हैं। कोई भी कपटमुक्त कुछ बताता है तो वे बातें सभी को नहीं मालूम पड़तीं। वे बातें कृष्ण को पता हैं और जिन्होंने कहानियाँ बनाईं उन्हें पता हैं क्योंकि जिन्होंने कहानियाँ बनाईं वे लोग आत्मसाक्षात्कारी थे। ऐसे लोग ही सोच पाएँगे कि बिना कपटमुक्त हुए आत्मसाक्षात्कार प्राप्त नहीं किया जा सकता। उन्होंने यह समझाने का प्रयास किया कि जब आप सत्य के सामने, अनुभव के सामने आ रहे हैं तो किस तरह आ रहे हैं। आप अपने आपको छिपा रहे हैं, हिचकिचा रहे हैं, व्यक्ति की इमेज का ख्याल रख रहे हैं तो आप स्वयं अनुभव नहीं कर पाएँगे। लेकिन लोगों के दिमाग में क्या भरा हुआ है? वे श्रीकृष्ण की कहानी को समझ ही नहीं पाएँगे कि हकीकत में क्या बताया गया। हकीकत में बताया गया कि गोपियाँ श्रीकृष्ण के साथ कपटमुक्त हुई तभी उनमें आत्मसाक्षात्कार हुआ। लेकिन ऐसी कहानियाँ सुनकर कुछ लोग श्रीकृष्ण पर उँगली उठाते हैं कि उन्होंने गलत किया।

श्रीकृष्ण को गलत मानकर लोगों के वाद-विवाद चलते हैं। हकीकत में आपने समझा कि गोपियों को कपटमुक्त बनाया गया ताकि वे अपने आपको छिपाएँ नहीं। जैसे किसी के जेब में सिगरेट का पाकिट हो तो वह उसे छिपाता है कि कहीं पिताजी देख न लें। तो गोपियों को सिखाया गया कि छिपाए नहीं, हिचकिचाहट न हो, कपटमुक्त रहें।,

आप जैसे हैं वैसे श्रीकृष्ण के सामने आएँ। अगर आपके अंदर कपट चलता है, झूठ बोलते हैं तो ऐसी वृत्तियाँ वे श्रीकृष्ण के सामने बता पाएँ। अगर ये सब बता पाएँगे तो उन चीजों से मुक्त हो जाएँगे।

इस कहानी के पीछे कितनी बड़ी बात है लेकिन लोगों को पता नहीं है। यदि आप लोगों से पूछेंगे कि इस कहानी से आपने क्या समझा? तो बहुत मजेदार जवाब आपको मिलेंगे। इस तरह आप देखेंगे कि कहानियों की कैसी हालत हुई है। कहानियों के अर्थ बिलकुल खो गए हैं, अंदर की समझ खो गई है, सिर्फ ऊपरी छिलके बच गए हैं।

कृष्ण कब प्रकट होते हैं

श्रीकृष्ण ने जो पंक्तियाँ कही हैं 'यदा यदा ही धर्मस्य, ग्लानिर्भवति भारत।' उसमें समझाया गया है कि जब भी धर्म का नाश होता है तब मैं आता हूँ। मगर आज लोग इन पंक्तियों से यह मानकर बैठे हैं कि कृष्ण सिर्फ भारत में आते हैं। लोग अर्थ समझ ही नहीं पाए।

'कृष्ण का जन्म तब होता है जब आपके अंदर धर्म का नाश होता है और इस बात का आपको पता चलता है।' यानी शरीर में यह पता चलता है कि धर्म का नाश हो चुका है। जब आप अपने आपको शरीर मानकर जीते हैं तब धर्म का नाश होता है लेकिन अगर आपको यह भी नहीं मालूम कि आप स्वयं को शरीर मानकर जी रहे हैं तो कृष्ण नहीं आएँगे।

जब धर्म का नाश होता है तब कृष्ण आते हैं। अगर आपको पता ही नहीं चला की धर्म का नाश हुआ है तो कृष्ण नहीं आएँगे क्योंकि तब आप उन्हें पहचान ही नहीं पाएँगे। जब आपको यही पता ही नहीं कि धर्म क्या होता है तो कृष्ण को पहचानना तो बहुत दूर की बात है।

जिन शरीरों में अज्ञान का ज्ञान होता है, वहाँ कृष्ण आते हैं। उस शरीर में कृष्ण प्रकट होना शुरू होते हैं। जिन शरीरों में यह भी ज्ञान नहीं होता कि वे अज्ञान में जी रहे हैं, वहाँ कृष्ण कभी प्रकट नहीं होते। कृष्ण

का आना किसी जगह से संबंधित नहीं है कि कृष्ण यहाँ आएँगे या वहाँ आएँगे। यह तो हरेक के अंदर की बात है।

लोग धर्म यानी हिंदू, मुसलमान, सिख, ईसाई ऐसे धर्मों को धर्म मानते हैं। 'यदा यदा ही धर्मस्य...' इस पंक्ति का गलत अर्थ निकालते हैं। महाभारत की पुस्तक घर में नहीं रखनी चाहिए, न ही पढ़नी चाहिए वरना घर में लड़ाईयाँ होती हैं, यह मानते हैं- यह राजनीतिज्ञों द्वारा बनाई गई मान्यताएँ हैं। जैसे बुद्ध का नाम खत्म करने के लिए उस वक्त के राजनीतिज्ञों ने कुछ ऐसी बातें छेड़ी जिससे लोग बुद्ध को भूल जाएँ। ऐसा हर युग में होते आया है। राजनीतिज्ञ हर युग में इस तरह अपना बचाव करते आए हैं। वे नहीं चाहते कि समाज में, सोसायटी में लोग सत्य की राह पर चलें। लोग सत्य की राह पर चलने लगे तो उनका राज कैसे चलेगा, उन्हें कुर्सी कैसे मिलेगी, उन्हें सम्मान कौन देगा क्योंकि जो लोग सत्य की राह पर चल रहे हैं, वे उसी को सम्मान देंगे जो सत्य की पर चल रहा है। वे लोग अहंकार का शासन चलानेवाले लोगों को सम्मान नहीं देंगे। इसलिए राजनीतिज्ञ कभी नहीं चाहेंगे कि ऐसे लोगों को महत्त्व दिया जाए जो बाकी लोगों को सत्य की राह पर चलना सिखाते हैं।

लोग आज भी यह सोच रहे हैं कि जब कलयुग आएगा, पाप बढ़ जाएगा तब कृष्ण आएँगे। लेकिन सही समझ के साथ जब हमने धर्म और कृष्ण को समझा तब हमें पता चला कि विचारों में कलयुग है, धर्म कृष्ण चेतना का स्वभाव है। जब हम विचारों के इस खेल को देख पाएँगे, अपनी वृत्तियों, आदतों, अवगुणों, विकारों को देख पाएँगे तब ही कृष्ण प्रकट होगा। जब-जब धर्म (स्वभाव) का नाश होता है- जो हो चुका है और हमें यह साफ-साफ पता चलता है तब ही कृष्ण के प्रकट होने की संभावना है।

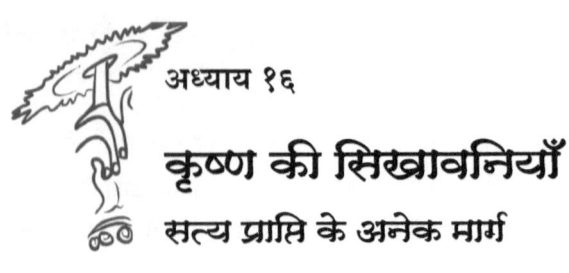

अध्याय १६
कृष्ण की सिखावनियाँ
सत्य प्राप्ति के अनेक मार्ग

श्रीकृष्ण की कहानियाँ केवल कहानियाँ नहीं हैं,
वे कहानियाँ आंतरिक अवस्था बताती हैं।

'भगवत् गीता' द्वारा श्रीकृष्ण का दिया हुआ कर्म योग का संदेश हमारे लिए अमूल्य देन है। जिसमें इशारा उसी बात की ओर किया गया है, जो वक्त के साथ खो गया है। वही 'परम आनंद' पाने की लालसा में आज मनुष्य अनेक विधियाँ अपनाकर कर्म बंधन में बँध गया है। हालाँकि बंधनों से मुक्त होना ही उसका लक्ष्य है।

गीता में श्रीकृष्ण ने 'कर्म' के विषय पर गहरा मार्गदर्शन दिया है। इस मार्गदर्शन की गहराई बहुत कम लोग समझ पाते हैं। आइए यहाँ 'हमसे कैसे कर्म होते हैं और उसके फल कैसे आते हैं', इसे समझते हैं।

कर्म बंधन न बने, इसके लिए कुछ लोग सोचते हैं कि 'हम कोई कर्म करेंगे ही नहीं।' परंतु यह अधूरा ज्ञान है। दरअसल कर्म न करना भी एक कर्म है और उसका भी फल आता है।

जैसे कोई विद्यार्थी कहे कि 'परीक्षा नज़दीक आई है लेकिन मैं पढ़ाई करूँगा ही नहीं।' उसने पढ़ाई न करने का कर्म तो किया मगर कर्म

न करने का भी फल उसे मिलता है। वह परीक्षा में फेल हो जाता है। इस प्रकार कर्म से बचने का फल भी आता है। आप कर्म से छूट नहीं सकते। आप कर्म करेंगे न करेंगे, कर्म तो होता ही रहेगा। इसलिए बेहतर है कि **आप कर्म में प्रेम, प्रज्ञा और पवित्र इरादा जोड़कर उसे शून्य कर्म (अकर्म) बनाएँ ताकि आपके कर्म ही फल बनें।**

आपका कर्म ही फल बने, आपका कर्म ही खेल बने। आप हर कर्म का आनंद लें। आपका हर कर्म आनंद से हो रहा है यानी आपको फल मिल चुका है। फिर बोनस में जो भी आता है आए, नहीं आता है तो न आए। आपको इससे कोई फर्क नहीं पड़ेगा। आप पहले से ही मुक्त हैं। इस तरह आप कर्म करना सीख गए तो आपके लिए कोई मुश्किल बचती ही नहीं है। लोग अज्ञान में जो करते हैं, करते रहें। आप इस समझ को अपने अंदर उतारेंगे तो आपका मुक्त होना शुरू होगा।

कर्म न करने का फल है, असफल फल। बुरे कर्मों का फल है, महाअसफल फल है। अच्छे कर्मों का फल है, मिश्रित फल। मिश्रित फल यानी जहाँ अच्छे कर्मों का फल कभी सुख देता है तो कभी दुःख देता है। हालाँकि कर्म तो अच्छा है मगर वह सुख के साथ-साथ कभी दुःख भी देता है इसलिए उसे मिश्रित फल कहा गया है। इसे एक उदाहरण से समझें।

एक छोटे बच्चे ने अपने घर में देखा कि तोते के पिंजरे में एक तोता है। उसने पिंजरे का दरवाजा खोलकर तोते को आज़ाद किया। जैसे ही तोता बाहर आया, उसने तोते को पकड़ लिया और बिल्ली को बुलाया। बिल्ली आई, तोते पर झपटी और उसे मुँह में दबोचकर भाग गई।

बच्चे के दादाजी सब देख रहे थे। जब उन्होंने बच्चे से ऐसा करने की वजह पूछी तो बच्चे ने बताया 'हमें स्कूल में हर रोज़ दो अच्छे कर्म करने के लिए कहा गया है। मैंने भी दो अच्छे कर्म किए। पहला- तोते को पिंजरे से आज़ाद किया और दूसरा- बिल्ली को खाना खिलाया!'

यह मिश्रित फल का उदाहरण है। कहने को तो कर्म अच्छे किए मगर बिल्ली के हाथों आज़ाद होने को बेकरार तोता मारा गया इस बुरे कर्म

के लिए बच्चा निमित्त बना।

कई लोगों का प्रश्न होता है कि आखिर अच्छा कर्म करने के बाद भी लोग दुःख क्यों भुगतते हैं? क्योंकि अच्छा कर्म करने के बाद इंसान सोचता है कि 'मैंने इतना अच्छा काम किया और सामनेवाला तारीफ भी नहीं कर रहा है... मैंने अच्छा काम किया तो बदले में मुझे भी कुछ मिलना चाहिए... मैंने अच्छे कर्म किए हैं यानी मैं सत्वगुणी हूँ, दूसरों से मैं बेहतर हूँ...।' इस तरह इंसान के अंदर अच्छे कर्म का अहंकार जगने की संभावना होती है। फिर इंसान सत्वगुणी बनकर सत्य की यात्रा में वहीं रुक जाता है, आगे बढ़ना नहीं चाहता। क्योंकि उसे लगता है कि सत्वगुणी बनना ही काफी है, और कुछ करने की या सीखने की उसे आवश्यकता नहीं है। यह सोच सोने की जंज़ीर है। आपसे अच्छे कर्म हो रहे हैं तो इसका अर्थ यह नहीं कि आपको सोने का (बीच में ही रुकने का) लायसंस मिला है।

इंसान को सुख से आसक्ति होती है। सुख की आदत पड़ जाती है तो उसमें थोड़ा भी खलल आने पर उसे दुःख होता है। फिर उसके मन में उस सुख को पकड़े रखने की कामना जगती है, 'यह सुख न जाए, यह सुख कभी कम न हो, हमेशा बना रहे'। इस तरह सुख को पकड़े रखने की कामना उसे वापस दुःख में ले जाती है क्योंकि समय के साथ सुख भी बदल जाता है और दुःख भी बदल जाता है। बदलाहट कुदरत का नियम है। इंसान सुख में भी दुःख भुगतता है। इसलिए मात्र अच्छे कर्म करना काफी नहीं है। अच्छे कर्मों से आगे जाकर सच्चे कर्म भी करने हैं। सच्चे कर्म ही असली कर्म हैं।

सच्चे कर्म यानी जहाँ फल में आसक्ति नहीं है। फल में आसक्ति होना सकाम कर्म है। जब आप नहाकर बाहर आते हैं तो क्या अपनी तारीफ सुनना चाहते हैं? क्या आप चाहते हैं कि लोग कहें 'अरे वाह! तुम तो नहाकर आए, बहुत अच्छा काम किया, क्या बढ़िया नहाए हो।' क्या आपको इस कर्म के बदले कुछ पाने की कामना होती है? नहीं। नहाना आपको ताजगी देता है इसलिए आप नहाते हैं। सफाई आपका

स्वधर्म है। नहाकर तो बस आप स्वधर्म निभाते हैं। इसमें आपको किसी फल की चाहत नहीं है।

हम नहाने के कर्म के बदले तो कुछ नहीं चाहते लेकिन बाकी कर्मों में हम चाहते हैं कि 'मैंने खाना बनाया तो लोगों से तारीफ मिलनी चाहिए'। खाना बनाना भी तो स्वधर्म है। एक हाउस वाइफ खाना बनाती है, एक इंसान ऑफिस जाकर पैसे कमाता है। फिर दोनों झगड़े करते हैं कि 'मैं कमा रहा हूँ... मैं रोज़ खाना बना रही हूँ...।' इसमें दोनों फँसे हुए हैं। दोनों बंधन में हैं।

आप नहाते हैं तो अपने लिए नहाते हैं, किसी और के लिए नहीं। आपको ताजगी के रूप में उसका फल मिल गया। आपने प्रेम से, रचनात्मकता का इस्तेमाल करते हुए खाना बनाया। प्रज्ञा और पवित्र इरादे से खाना बनाया तो आपको उसका फल मिल चुका। फिर लोग तारीफ करें या न करें, क्या आपको दुःखी, परेशान होने की आवश्यकता है? नहीं। परंतु जब सामनेवाला तारीफ नहीं करता तो आपके अंदर यही विचार शुरू हो जाते हैं कि 'मैंने इतना अच्छा खाना बनाया, किसी ने अच्छा कहा ही नहीं... मैं कमा रहा हूँ, फिर भी घर में मेरी कोई कीमत ही नहीं है... मैं किसके लिए कमा रहा हूँ...' आदि। इस तरह आप निष्काम कर्म नहीं कर पाते।

इन उदाहरणों से समझें कि आप यह सब अपने लिए कर रहे हैं। आप अपने स्वधर्म में हैं तो आपको फँसना नहीं है। बस सच्चे कर्म करते रहना है। सच्चे कर्म करने के लिए यह बात सदा याद रखें कि यह सब खेल-खेल में हो। यह खेल है, उसका मज़ा लें। खेलने के लिए जीतना है, जीतने के लिए नहीं खेलना है। आनंद के साथ, खेल-खेल में हर कर्म करें और पूरा डूबकर करें।

आपने किसी ऐसे इंसान को तो ज़रूर देखा होगा, जो किसी कला में निपुण है। जैसे कोई संगीत में निपुण है, कोई गाने में, कोई चित्रकारी में तो कोई नृत्य में। जब वे अपनी कला का विकास करते हैं तो उसमें पूरे डूब जाते हैं, तल्लीन हो जाते हैं- मानो वे वहाँ हैं ही नहीं। वे अपनी

कला द्वारा सीधे ईश्वर के संपर्क में आ जाते हैं। पूरी कायनात से एक हो जाते हैं। बाहर से देखकर लगता है कि वह इंसान वहीं पर है मगर वह वहाँ है ही नहीं। वह अपनी कला में खोया हुआ है, ईश्वर के संपर्क में है।

ठीक वैसे ही आप भी जब कोई कर्म करें तो उसमें पूरी तरह डूब जाएँ। चाहे वह रसोई में खाना बनाने का काम हो या बरतन धोने का, ऑफिस में भी काम कर रहे हैं तो पूरा डूबकर करें। सेवा भी कर रहे हैं तो वह भी डूबकर करें।

इस तरह के कर्म आपसे हों इसलिए कर्मों का ज्ञान होना आवश्यक है। इसके लिए भक्ति, प्रेम चाहिए जो समझ के साथ बढ़ता जाता है। आप जाग्रति के साथ इस तरह के कर्म कुछ प्रयोग के तौर पर करके देखें। तुरंत सभी कर्म उस गुणवत्ता के नहीं हो पाएँगे मगर कुछ कर्मों के साथ तो हम प्रयोग कर ही सकते हैं। कुछ कर्म तो हम निष्काम (बिना फल की चाहत रखे) कर ही सकते हैं। जितना कर सकते हैं उतना तो तुरंत करना शुरू कर दें।

भगवत गीता में कर्म के ज्ञान के साथ-साथ सच्चे भक्त के गुणों पर भी श्रीकृष्ण ने बेहतरीन समझ दी है।

श्रीकृष्ण के बचपन से सीखें

श्रीकृष्ण ने बचपन में ही लोगों को बहुत सी बातें बता दीं और सिखा दीं। सिर्फ आंतरिक अनुभव ही नहीं बल्कि बाहर के जगत में भी कैसे जीया जाए, यह भी उन्होंने सिखाया।

ह्युमन पिरामिड (Human Pyramid) श्रीकृष्ण ने ही सिखाया। ह्युमन पिरामिड का अर्थ है, जहाँ लोग इकट्ठे होकर संघ में, एक-दूसरे के कंधे के ऊपर चढ़कर यानी एक-दूसरे की सहायता से मटकी फोड़ते (लक्ष्य प्राप्त करते) हैं। दही हाँडी उत्सव में आपने देखा होगा कि कैसे ह्यूमन पिरामिड बनाया जाता है- सबसे नीचे अगर दस लोग हैं तो ऊपर

पाँच, उसके ऊपर तीन, उसके ऊपर दो, उसके ऊपर एक है, इस तरह एक पिरामिड बनाने का कर्म करते हैं। ये सारे लोग यह पिरामिड उस एक इंसान को ऊपर चढ़ाने के लिए बनाते हैं जो दही हांडी को तोड़ता है।

किशोर अवस्था में ही श्रीकृष्ण ने कंस का वध किया। जिस तरह कंस-वध के साथ श्रीकृष्ण के जीवन का एक अध्याय समाप्त हुआ, उसी तरह हम भी अपने अंदर के कंस का वध करें। कंस यानी कॉंट्रास्ट मन (तुलना-तोलना करनेवाला तथा दो में विभाजित करनेवाला मन), जिसके होते हम उस परम सत्य का दर्शन नहीं कर पाते, जो हमार पास है, हमारे अंदर है। सत्य (कृष्ण) प्रकट होने से व्यक्ति के जीवन का अध्याय समाप्त होगा व जन्म होगा उस स्वसाक्षी (सेल्फ) का जिसका कोई अंत नहीं। श्रीकृष्ण को पूर्ण अवतार माना गया है क्योंकि श्रीकृष्ण सभी तरह की कलाओं, ज्ञान विधियों, शांति व युद्ध की राजनीति में परिपूर्ण थे। उसी तरह सत्य भी अपने आप में परिपूर्ण है। गीता पढ़ना तभी सार्थक है जब गीता कृष्ण के दृष्टिकोण से पढ़ी जाए।

श्रीकृष्ण लीला के पात्र (प्रतीकों की भाषा)

१. कृष्ण	:	ईश्वर, चेतना, चैतन्य, सेल्फ, सत्य, स्वअनुभव
२. कंस	:	छल, कपट, अहंकार का भंडार। विकारों से भरा कॉंट्रस्ट मन, तोलू मन (सात टाँगोंवाला मन)
३. बलराम व सुदामा	:	निःस्वार्थ मित्रता भाव (परम मित्र)
४. मीरा	:	परम भक्ति की मूरत
५. राधा	:	ईश्वर की शक्ति (जादूगर की जादूगरी- लीला/माया)

दही हंडी वंदन का असली अर्थ

१. मटका	: सत्य लक्ष्य, कुल-मूल उद्देश्य
२. माखन	: परम आनंद, तेजज्ञानानुभव, परम मौन
३. एक दूसरे के कंधे पर चढ़ना	: अलग-अलग मार्गों से सत्य तक पहुँचना
४. नीचे खड़े चार व्यक्ति	: जप, तप, तंत्र, मंत्र (मार्ग)
५. उनके कंधे पर खड़े तीन व्यक्ति	: कर्म, धर्म, भक्ति (मार्ग)
६. उनके कंधों पर दो व्यक्ति	: ज्ञान, ध्यान (मार्ग)
७. उन पर खड़ा एक व्यक्ति	: समझ (कान मार्ग)
८. सिर से मटका तोड़ना	: सिर को समर्पित करके तेजस्थान (हृदय) पर स्थापित होना

श्रीकृष्ण की विविध कथाओं, लीलाओं को अपनी काव्य रचनाओं का आधार बनाकर न जाने कितने कवियों ने अपनी कवित्व शक्ति को सफल बनाया है। उनके जीवन से संबंधित जो कहानियाँ प्रचलित हैं, वे बचपन से लेकर अंत तक आश्चर्यजनक व प्रेरणादायक सीख हैं। श्रीकृष्ण की संपूर्ण जीवन लीला में आपने देखा कि वे दुष्टों से लड़ते रहे और सज्जनों की रक्षा करते रहे। उनका पूरा जीवन 'सत्य के पक्ष' में रहने की प्रेरणा देता है।

अध्याय १७
कृष्ण चेतना की पहचान कृष्ण द्वारा
मैं कौन हूँ

कर्म करो और फल की इच्छा सोर्स (ईश्वर) से करो।
कर्म करो और फल की इच्छा क्रेंद (सेंटर) से करो।
कर्म करो और फल की इच्छा चैनल (लोगों) से मत करो।

श्रीकृष्ण द्वारा प्रकट हुई गीता जब लोग पढ़ते हैं तब वे कई बातों पर अटक जाते हैं। उनके सवाल ये होते हैं कि 'आखिर श्रीकृष्ण कौनसा मार्ग बताना चाहते हैं? श्रीकृष्ण अपनी तारीफ खुद कैसे करते हैं? क्या श्रीकृष्ण अहंकारी हैं? श्रीकृष्ण के जवाब बदलते क्यों जाते हैं? श्रीकृष्ण कपट कैसे कर सकते हैं? श्रीकृष्ण युद्ध को महत्त्व क्यों देते हैं?' इस पुस्तक से यदि आपने श्रीकृष्ण को समझा है तो ये सवाल आपको परेशान नहीं करेंगे। आइए अभी कृष्ण चेतना को कृष्ण के द्वारा ही समझें कि कृष्ण कौन हैं। गीता के दसवें अध्याय में श्रीकृष्ण ने अर्जुन के पूछने पर, अपनी वाणी से वे बातें बताई हैं, जो उनके शरीर के लिए नहीं बल्कि कृष्ण चेतना के लिए हैं।

अध्याय दसवाँ :- विभूतियोग
(भगवान की विभूति और योगशक्ति का कथन तथा उनके जानने का फल)

महर्षयः सप्त पूर्वे चत्वारो मनवस्तथा ।
मद्भावा मानसा जाता येषां लोक इमाः प्रजाः ।।६।।

श्लोक अनुवाद : और हे अर्जुन!- सात महर्षिजन, चार (उनसे भी) पूर्व होनेवाले (सनकादि) तथा स्वायम्भुव आदि चौदह मनु-ये मुझमें भाववाले (सब-के-सब) मेरे संकल्प से उत्पन्न हुए हैं, जिनकी संसार में यह संपूर्ण प्रजा है।

स्वयमेवात्मनात्मानं वेत्थ त्वं पुरुषोत्तम ।
भूतभावन भूतेश देवदेव जगत्पते ।।१५।।

श्लोक अनुवाद : हे भूतों को उत्पन्न करनेवाले! हे भूतों के ईश्वर! हे देवों के देव! हे जगत् के स्वामी! हे पुरुषोत्तम! आप स्वयं ही अपने से अपने को जानते हैं।

वक्तुमर्हस्यशेषेण दिव्या ह्यात्मविभूतयः ।
याभिर्विभूतिभिर्लोकानिमांस्त्वं व्याप्य तिष्ठसि ।।१६।।

श्लोक अनुवाद : इसलिए हे भगवन्!- आप ही (उन) अपनी दिव्य विभूतियों को संपूर्णता से कहने में समर्थ हैं, जिन विभूतियों के द्वारा (आप) इन सब लोकों को व्याप्त करके स्थित हैं।

कथं विद्यामहं योगिंस्त्वां सदा परिचिन्तयन् ।
केषु केषु च भावेषु चिन्त्योऽसि भगवन्मया ।।१७।।

श्लोक अनुवाद : हे योगेश्वर! मैं किस प्रकार निरंतर चिंतन करता हुआ आपको जानूँ और हे भगवन्! (आप) किन-किन भावों में मेरे द्वारा चिंतन करने योग्य हैं?

विस्तरेणात्मनो योगं विभूतिं च जनार्दन ।
भूयः कथय तृप्तिर्हि श्रृण्वतो नास्ति मेऽमृतम् ।।१८।।

श्लोक अनुवाद : और- हे जनार्दन! अपनी योगशक्ति को और विभूति को फिर (भी) विस्तारपूर्वक कहिए; क्योंकि (आपके) अमृतमय वचनों को सुनते हुए मेरी तृप्ति नहीं होती अर्थात् सुनने की उत्कंठा बनी ही रहती है।

श्रीभगवानुवाच
हन्त ते कथयिष्यामि दिव्या ह्यात्मविभूतयः ।
प्राधान्यतः कुरुश्रेष्ठ नास्त्यन्तो विस्तरस्य मे ।।१९।।

श्लोक अनुवाद : इस प्रकार अर्जुन के पूछने पर श्री भगवान बोले- हे कुरुश्रेष्ठ! अब (मैं जो) मेरी दिव्य विभूतियाँ हैं, (उनको) तेरे लिए प्रधानता से कहूँगा; क्योंकि मेरे विस्तार का अंत नहीं है।

अहमात्मा गुडाकेश सर्वभूताशयस्थितः ।
अहमादिश्च मध्यं च भूतानामन्त एव च।।२०।।

श्लोक अनुवाद : हे अर्जुन! मैं सब भूतों के हृदय में स्थित सबका आत्मा हूँ। तथा संपूर्ण भूतों का आदि, मध्य और अंत भी मैं ही हूँ।

आदित्यानामहं विष्णुर्ज्योतिषां रविरंशुमान्।
मरीचिर्मरुतामस्मि नक्षत्राणामहं शशी ।।२१।।

श्लोक अनुवाद :

और हे अर्जुन!- मैं अदिति के बारह पुत्रों में विष्णु

ज्योतियों में किरणोंवाला सूर्य हूँ (तथा)
मैं उनचास वायुदेवताओं का तेज (और) नक्षत्रों का अधिपति चंद्रमा हूँ।

वेदानां सामवेदोऽस्मि देवानामस्मि वासवः।
इंद्रियाणां मनश्चास्मि भूतानामस्मि चेतना।।२२।।

श्लोक अनुवाद :

और मैं- वेदों में सामवेद हूँ,
देवों में इंद्र हूँ,
इंद्रियों में मन हूँ और
भूत प्राणियों की चेतना अर्थात् जीवनी शक्ति हूँ।

रुद्राणां शङ्करश्चास्मि वित्तेशो यक्षरक्षसाम्।
वसूनां पावकश्चास्मि मेरुः शिखरिणामहम्।।२३।।

श्लोक अनुवाद :

और मैं- एकादश रुद्रों में शंकर हूँ और
यक्ष तथा राक्षसों में धन का स्वामी कुबेर हूँ।
मैं आठ वसुओं में अग्नि हूँ और
शिखरवाले पर्वतों में सुमेरु पर्वत हूँ।

पुरोधसां च मुख्यं मां विद्धि पार्थ बृहस्पतिम्।
सेनानीनामहं स्कन्दः सरसामस्मि सागरः।।२४।।

श्लोक अनुवाद :

और- पुरोहितों में मुखिया बृहस्पति मुझको जान।
हे पार्थ! मैं सेनापतियों में स्कंद और जलाशयों में समुद्र हूँ।

महर्षीणां भृगुरहं गिरामस्म्येकमक्षरम्।
यज्ञानां जपयज्ञोऽस्मि स्थावराणां हिमालयः।।२५।।

श्लोक अनुवाद :

और हे अर्जुन!- मैं महर्षियों में भृगु (और)
शब्दों में एक अक्षर अर्थात् ओंकार हूँ।
सब प्रकार के यज्ञों में जपयज्ञ (और)
स्थिर रहनेवालों में हिमालय पहाड़ हूँ।

अश्वत्थः सर्ववृक्षाणां देवर्षीणां च नारदः ।
गन्धर्वाणां चित्ररथः सिद्धानां कपिलो मुनिः ।।२६ ।।

श्लोक अनुवाद :

और मैं- सब वृक्षों में पीपल का वृक्ष,
देवर्षियों में नारद मुनि,
गन्धर्वों में चित्ररथ और
सिद्धों में कपिल मुनि हूँ।

उच्चैःश्रवसमश्वानां विद्धि माममृतोद्भवम् ।
एरावतं गजेन्द्राणां नराणां च नराधिपम् ।।२७ ।।

श्लोक अनुवाद :

और हे अर्जुन! तू- घोड़ों में अमृत के साथ
उत्पन्न होनेवाला उच्चैःश्रवा नामक घोड़ा,
श्रेष्ठ हाथियों में ऐरावत नामक हाथी
और मनुष्यों में राजा मुझको जान।

आयुधानामहं वज्रं धेनूनामस्मि कामधुक् ।
प्रजनश्चास्मि कन्दर्पः सर्पाणामस्मि वासुकिः ।।२८ ।।

श्लोक अनुवाद :

और हे अर्जुन!- मैं शस्त्रों में वज्र (और) गौओं में कामधेनु हूँ।

शास्त्रोक्त रीति से सन्तान की उत्पत्ति का हेतु कामदेव हूँ
और सर्पों में सर्पराज वासुकि हूँ।

अनन्तश्चास्मि नागानां वरुणो यादसामहम् ।
पितॄणामर्यमा चास्मि यमः संयमतामहम् ।।२९ ।।

श्लोक अनुवाद :

तथा– मैं नागों में* शेषनाग और
जलचरों का अधिपति वरुण देवता हूँ
और पितरों में अर्यमा नामक पितर (तथा)
शासन करनेवालों में यमराज मैं हूँ।

प्रह्लादश्चास्मि दैत्यानां कालः कलयतामहशम् ।
मृगाणां च मृगेन्द्रोऽहं वैनतेयश्च पक्षिणाम् ।।३० ।।

श्लोक अनुवाद :

और हे अर्जुन!– मैं दैत्यों में प्रह्लाद और
गणना करनेवालों का समय* हूँ तथा
पशुओं में मृगराज सिंह और
पक्षियों में गरुड़ हूँ।

पवनः पवतामस्मि रामः शस्त्रभृतामहम् ।
झषाणां मकरश्चास्मि स्रोतसामस्मि जाह्नवी ।।३१ ।।

श्लोक अनुवाद :

और– मैं पवित्र करनेवालों में वायु (और)
शस्त्रधारियों में श्रीराम हूँ (तथा)

**नाग और सर्प ये दो प्रकार की सर्पों की ही जाति है।*

**क्षण, घड़ी, दिन, पक्ष, मास आदि में जो समय है वह मैं हूँ।*

132 2 महान अवतार

मछलियों में मगर हूँ और
नदियों में श्री भागीरथी गंगाजी हूँ।

सर्गाणामादिरन्तश्च मध्यं चैवाहमर्जुन ।
अध्यात्मविद्या विद्यानां वादः प्रवदतामहम् ।।३२ ।।

श्लोक अनुवाद :

और- हे अर्जुन! सृष्टियों का आदि और अंत
तथा मध्य (भी) मैं ही (हूँ)।
मैं विद्याओं में अध्यात्मविद्या अर्थात् ब्रह्मविद्या (और)
परस्पर विवाद करनेवालों का तत्त्व-निर्णय के लिए
किया जानेवाला वाद हूँ।

अक्षराणामकारोऽस्मि द्वंद्वः सामासिकस्य च ।
अहमेवाक्षयः कालो धाताहं विश्वतोमुखः ।।३३ ।।

श्लोक अनुवाद :

तथा- मैं अक्षरों में अकार हूँ और
समासों में द्वंद्व नामक समास हूँ।
अक्षयकाल अर्थात् काल का भी महाकाल (तथा)
सब ओर मुखवाला, विराट्स्वरूप
(सबका) धारण-पोषण करनेवाला (भी) मैं ही हूँ।

मृत्युः सर्वहरश्चाहमुद्भवश्च भविष्यताम् ।
कीर्तिः श्रीर्वाक्च नारीणां स्मृतिर्मेधा धृतिः क्षमा।।३४ ।।

श्लोक अनुवाद :

मैं सबका नाश करनेवाला मृत्यु और
उत्पन्न होनेवालों का उत्पत्ति हेतु हूँ तथा

स्त्रियों में कीर्ति*, श्री, वाक्, स्मृति, मेधा, धृति और क्षमा हूँ।

**बृहत्साम तथा साम्नां गायत्री छन्दसामहम् ।
मासानां मार्गशीर्षोऽहमृतूनां कुसुमाकरः ।।३५।।**

श्लोक अनुवाद :
> तथा गायन करने योग्य श्रुतियों में मैं बृहत्साम (और)
> छंदों में गायत्री छंद हूँ (तथा)
> महीनों में मार्गशीर्ष (और) ऋतुओं में वसंत मैं हूँ।

**द्यूतं छलयतामस्मि तेजस्तेजस्विनामहम् ।
जयोऽस्मि व्यवसायोऽस्मि सत्त्वं सत्त्ववतामहम् ।।३६।।**

श्लोक अनुवाद :
> हे अर्जुन! मैं छल करनेवालों में जूआ (और)
> प्रभावशाली पुरुषों का प्रभाव हूँ।
> मैं जीतनेवालों का विजय हूँ, निश्चय करनेवालों का निश्चय
> और सात्त्विक पुरुषों का सात्त्विक भाव हूँ।

**वृष्णीनां वासुदेवोऽस्मि पाण्डवानां धनञ्जयः ।
मुनीनामप्यहं व्यासः कवीनामुशना कविः ।।३७।।**

श्लोक अनुवाद :
> और– वृष्णिवंशियों* में वासुदेव अर्थात् मैं स्वयं तेरा सखा,
> पाण्डवों में धनंजय अर्थात् तू,

---

*कीर्ति आदि ये सात देवताओं की स्त्रियाँ और स्त्रीवाचक नामवाले गुण भी प्रसिद्ध हैं, इसलिए दोनों प्रकार से ही भगवान की विभूतियाँ हैं।

*यादवों के अंतर्गत एक वृष्णि वंश भी था।

मुनियों में वेदव्यास (और)
कवियों में शुक्राचार्य कवि भी मैं (ही) हूँ।

दण्डो दमयतामस्मि नीतिरस्मि जिगीषताम् ।
मौनं चैवास्मि गुह्यानां ज्ञानं ज्ञानवतामहम् ।।३८।।

श्लोक अनुवाद :

मैं– दमन करनेवालों का दंड अर्थात् दमन करने की शक्ति हूँ,
जीतने की इच्छावालों की नीति हूँ,
गुप्त रखने योग्य भावों का (रक्षक) मौन हूँ और
ज्ञानवानों का तत्त्वज्ञान मैं ही हूँ।

यच्चापि सर्वभूतानां बीजं तदहमर्जुन ।
न तदस्ति विना यत्स्यान्मया भूतं चराचरम् ।।३९।।

श्लोक अनुवाद :

और हे अर्जुन! जो सब भूतों की उत्पत्ति का कारण है,
वह भी मैं (ही हूँ; क्योंकि ऐसा)
वह चर और अचर (कोई भी) भूत नहीं है, जो मुझसे रहित हो।

नान्तोऽस्ति मम दिव्यानां विभूतीनां परन्तप ।
एष तूद्देशतः प्रोक्तो विभूतेर्विस्तरो मया ।।४०।।

श्लोक अनुवाद :

हे परंतप! मेरी दिव्य विभूतियों का अंत नहीं है,
मैंने (अपनी) विभूतियों का यह विस्तार तो (तेरे लिए)
एकदेश से अर्थात् संक्षेप से कहा है।

यद्यद्विभूतिमत्सत्त्वं श्रीमदूर्जितमेव वा ।
तत्तदेवावगच्छ त्वं मम तेजोंऽशसम्भवम् ।।४१।।

श्रीराम और श्रीकृष्ण अवतार

श्लोक अनुवाद :

इसलिए हे अर्जुन!- जो-जो भी विभूतियुक्त अर्थात् ऐश्वर्ययुक्त, कांतियुक्त और शक्तियुक्त वस्तु है, उस-उस को तू मेरे तेज के अंश की ही अभिव्यक्ति जान।

अथवा बहुनैतेन किं ज्ञातेन तवार्जुन ।
विष्टभ्याहमिदं कृत्स्नमेकांशेन स्थितो जगत् ।।४२।।

श्लोक अनुवाद :

अथवा हे अर्जुन! इस बहुत जानने से तेरा क्या (प्रयोजन है)। मैं इस संपूर्ण जगत् को (अपनी योगशक्ति के) एक अंश मात्र से धारण करके स्थित हूँ।

ॐ तत्सदिति श्रीमद्भगवद्गीतासूपनिषत्सु ब्रह्मविद्यायां
योगशास्त्रे श्रीकृष्णार्जुनसंवादे विभूतियोगो
नाम दशमोऽध्यायः ।।१०।।

ऊपर दी गई पंक्तियाँ उन संस्कृत श्लोकों का अर्थ है जिसे श्रीकृष्ण ने अर्जुन को अपनी असली पहचान देने के लिए कही हैं। श्रीकृष्ण अपने शरीर के लिए ये सारी बातें नहीं कह रहे हैं, यह बात अब तक आप जान ही चुके होंगे। कृष्ण की पहचान मिलने के बाद ही अर्जुन ने उनकी आज्ञा पालन करने का निर्णय लिया। जब तक हमें कृष्ण की पहचान नहीं है तब तक सत्य की दास्तान (कृष्ण लीला) केवल मनोरंजन है। समझ मिलते ही मन पर (जीवन की महाभारत में) जीत है।

परिशिष्ट

सरश्री
अल्प परिचय

(स्वीकार मुद्रा)

सरश्री की आध्यात्मिक खोज का सफर उनके बचपन से प्रारंभ हो गया था। इस खोज के दौरान उन्होंने अनेक प्रकार की पुस्तकों का अध्ययन किया। इसके साथ ही उन्होंने अपने आध्यात्मिक अनुसंधान के दौरान अनेक ध्यान पद्धतियों का अभ्यास किया। उनकी इसी खोज ने उन्हें कई वैचारिक और शैक्षणिक संस्थानों की ओर बढ़ाया। इसके बावजूद भी वे अंतिम सत्य से दूर रहे।

उन्होंने अपने तत्कालीन अध्यापन कार्य को भी विराम लगाया ताकि वे अपना अधिक से अधिक समय सत्य की खोज में लगा सकें। जीवन का रहस्य समझने के लिए उन्होंने एक लंबी अवधि तक मनन करते हुए अपनी खोज जारी रखी, जिसके अंत में उन्हें आत्मबोध प्राप्त हुआ। आत्मसाक्षात्कार के बाद उन्होंने जाना कि अध्यात्म का हर मार्ग जिस कड़ी से जुड़ा है वह है- समझ (अंडरस्टैण्डिंग)। उसके बाद उन्होंने अपना पूरा समय मानवता के आध्यात्मिक विकास में अर्पण किया।

सरश्री कहते हैं कि 'सत्य के सभी मार्गों की शुरुआत अलग-अलग प्रकार से होती है लेकिन सभी के अंत में एक ही समझ प्राप्त होती है। 'समझ' ही सब कुछ है और यह 'समझ' अपने आपमें पूर्ण है। आध्यात्मिक ज्ञान प्राप्ति के लिए इस 'समझ' का श्रवण ही पर्याप्त

है।' इसी समझ को उजागर करने के लिए उन्होंने आज तक तीन हज़ार से अधिक प्रवचन दिए हैं। साथ ही उन्होंने 'महाआसमानी परम ज्ञान शिविर' और उसके लिए आवश्यक कार्यप्रणाली (सिस्टम) की रचना की है, जिसका लाभ लाखों खोजी ले रहे हैं। इसी समझ के प्रचार और प्रसार के लिए उन्होंने 'तेजज्ञान फाउण्डेशन' नामक आध्यात्मिक संस्था की नींव रखी है। इस संस्था का मुख्य उद्देश्य है- **'हॅपी थॉट्स द्वारा उच्चतम विकसित समाज का निर्माण'**।

विश्व का हर इंसान आज सरश्री के मार्गदर्शन का लाभ ले सकता है, जिसके लिए किसी भी धर्म, जाति, उपजाति, वर्ण, पंथ, रंग या लिंग का बंधन नहीं है। विश्व के हर कोने में बसे लोग आज तेजज्ञान की इस अनूठी ज्ञान प्रणाली (System for Wisdom) का लाभ ले रहे हैं। इस व्यवस्था के एक हिस्से के रूप में लाखों लोग रोज सुबह और रात को ९ बजकर ९ मिनट पर विश्वशांति के लिए प्रार्थना करते हैं।

सरश्री को बेस्टसेलर पुस्तक 'विचार नियम' के रचनाकार के रूप में जाना जाता है, जिसकी १ करोड़ से ज़्यादा प्रतियाँ केवल ५ सालों में वितरित हो चुकी हैं। इसके अलावा उन्होंने विविध विषयों पर १०० से अधिक पुस्तकों का लेखन किया है, जिनमें से कई पुस्तकें बेस्टसेलर बन चुकी हैं। ये पुस्तकें दस से अधिक भाषाओं में अनुवादित की जा चुकी हैं और प्रमुख प्रकाशकों द्वारा प्रकाशित की गई हैं, जैसे पेंगुइन बुक्स, जैको बुक्स, मंजुल पब्लिशिंग हाऊस, प्रभात प्रकाशन, राजपाल अ‍ॅण्ड सन्स, पेंटागॉन प्रेस, सकाळ पेपर्स इत्यादि।

तेजज्ञान फाउण्डेशन – परिचय

तेजज्ञान फाउण्डेशन आत्मविकास से आत्मसाक्षात्कार प्राप्त करने का एक रास्ता है। इसके लिए सरश्री द्वारा एक अनूठी बोध पद्धति (System for Wisdom) का सृजन हुआ है। इस पद्धति को अन्तर्राष्ट्रीय मानक ISO 9001:2015 के आवश्यकताओं एवं निर्देशों के अनुरूप ढालकर सरल, व्यावहारिक एवं प्रभावी बनाया गया है।

इस संस्था की बोध पद्धति के विभिन्न पहलुओं (शिक्षण, निरीक्षण व गुणवत्ता) को स्वतंत्र गुणवत्ता परीक्षकों (Quality Auditors) द्वारा क्रमबद्ध तरीके से जाँचा गया। जिसके बाद इन पहलुओं को ISO 9001:2015 के अनुरूप पाकर, इस बोध पद्धति को प्रमाणित किया गया है।

फाउण्डेशन का लक्ष्य आपको नकारात्मक विचार से सकारात्मक विचार की ओर बढ़ाना है। सकारात्मक विचार से शुभ विचार यानी हॅपी थॉट्स (विधायक आनंदपूर्ण विचार) और शुभ विचार से निर्विचार की ओर बढ़ा जा सकता है। निर्विचार से ही आत्मसाक्षात्कार संभव है। शुभ विचार (Happy Thoughts) यानी यह विचार कि 'मैं हर विचार से मुक्त हो जाऊँ।' शुभ इच्छा यानी यह इच्छा कि 'मैं हर इच्छा से मुक्त हो जाऊँ।'

ज्ञान का अर्थ है सामान्य ज्ञान लेकिन तेजज्ञान यानी वह ज्ञान जो ज्ञान व अज्ञान के परे है। कई लोग सामान्य ज्ञान की जानकारी को ही ज्ञान समझ लेते हैं लेकिन असली ज्ञान और जानकारी में बहुत अंतर है। आज लोग सामान्य ज्ञान के जवाबों को ज़्यादा महत्त्व देते हैं। उदाहरण के तौर पर कर्म और भाग्य, योग और प्राणायाम, स्वर्ग और नर्क इत्यादि। आज के युग में सामान्य ज्ञान प्रदान करनेवाले लोग और शिक्षक कई मिल जाएँगे मगर इस ज्ञान को पाकर जीवन में कोई बड़ा परिवर्तन नहीं होता। यह ज्ञान या तो केवल बुद्धि विलास है या फिर अध्यात्म के नाम पर बुद्धि का व्यायाम है।

सभी समस्याओं का समाधान है– तेजज्ञान। भय से मुक्ति, चिंतारहित व क्रोध से आज़ाद जीवन है– तेजज्ञान। शारीरिक, मानसिक, सामाजिक, आर्थिक और आध्यात्मिक उन्नति के लिए है– तेजज्ञान। तेजज्ञान आपके अंदर है, आएँ और इसे पाएँ।

यदि आप ऐसा ज्ञान चाहते हैं, जो सामान्य ज्ञान के परे हो, जो हर समस्या का समाधान हो, जो सभी मान्यताओं से आपको मुक्त करे, जो आपको ईश्वर का साक्षात्कार कराए, जो आपको सत्य पर स्थापित करे तो समय आ गया है तेजज्ञान को जानने का। समय आ गया है शब्दोंवाले सामान्य ज्ञान से उठकर तेजज्ञान का अनुभव करने का।

अब तक अध्यात्म के अनेक मार्ग बताए गए हैं। जैसे जप, तप, मंत्र, तंत्र, कर्म, भाग्य, ध्यान, ज्ञान, योग और भक्ति आदि। इन मार्गों के अंत में जो समझ, जो बोध प्राप्त होता है, वह एक ही है। सत्य के हर खोजी को अंत में एक ही समझ मिलती है और इस समझ को सुनकर भी प्राप्त किया जा सकता है। उसी समझ को सुनना यानी तेजज्ञान प्राप्त करना है। तेजज्ञान के श्रवण से सत्य का साक्षात्कार होता है, ईश्वर का अनुभव होता है। यही तेजज्ञान सरश्री महाआसमानी शिविर में प्रदान करते हैं।

महाआसमानी परम ज्ञान
शिविर परिचय और लाभ (निवासी)

क्या आपको उच्चतम आनंद पाने की इच्छा है? ऐसा आनंद, जो किसी कारण पर निर्भर नहीं है, जिसमें समय के साथ केवल बढ़ोतरी ही होती है। क्या आप इसी जीवन में प्रेम, विश्वास, शांति, समृद्धि और परमसंतुष्टि पाना चाहते हैं? क्या आप शारीरिक, मानसिक, सामाजिक, आर्थिक और आध्यात्मिक इन सभी स्तरों पर सफलता हासिल करना चाहते हैं? क्या आप 'मैं कौन हूँ' इस सवाल का जवाब अनुभव से जानना चाहते हैं।

यदि आपके अंदर इन सवालों के जवाब जानने की और 'अंतिम सत्य' प्राप्त करने की प्यास जगी है तो तेजज्ञान फाउण्डेशन द्वारा आयोजित 'महाआसमानी शिविर' में आपका स्वागत है। यह शिविर पूर्णतः सरश्री की शिक्षाओं पर आधारित है। सरश्री आज के युग के आध्यात्मिक गुरु और 'तेजज्ञान फाउण्डेशन' के संस्थापक हैं, जो अत्यंत सरलता से आज की लोकभाषा में आध्यात्मिक समझ प्रदान करते हैं।

महाआसमानी शिविर का उद्देश्य :

इस शिविर का उद्देश्य है, 'विश्व का हर इंसान 'मैं कौन हूँ' इस सवाल का जवाब जानकर सर्वोच्च आनंद में स्थापित हो जाए।' उसे ऐसा ज्ञान मिले, जिससे वह हर पल वर्तमान में जीने की कला प्राप्त करे। भूतकाल का बोझ और भविष्य की चिंता इन दोनों से वह मुक्त हो जाए। हर इंसान के जीवन में स्थायी खुशी, सही समझ और समस्याओं को विलीन करने की कला आ जाए। मनुष्य जीवन का उद्देश्य पूर्ण हो।

'मैं कौन हूँ? मैं यहाँ क्यों हूँ? मोक्ष का अर्थ क्या है? क्या इसी जन्म में मोक्ष प्राप्ति संभव है?' यदि ये सवाल आपके अंदर हैं तो महाआसमानी शिविर इसका जवाब है।

महाआसमानी शिविर के मुख्य लाभ :

इस शिविर के लाभ तो अनगिनत हैं मगर कुछ मुख्य लाभ इस प्रकार हैं–

* जीवन में दमदार लक्ष्य प्राप्त होता है।
* 'मैं कौन हूँ' यह अनुभव से जानना (सेल्फ रियलाइजेशन) होता है।
* मन के सभी विकार विलीन होते हैं।
* भय, चिंता, क्रोध, बोरडम, मोह, तनाव जैसी कई नकारात्मक बातों से मुक्ति मिलती है।
* प्रेम, आनंद, मौन, समृद्धि, संतुष्टि, विश्‍वास जैसे कई दिव्य गुणों से युक्ति होती है।
* सीधा, सरल और शक्तिशाली जीवन प्राप्त होता है।
* हर समस्या का समाधान प्राप्त करने की कला मिलती है।
* 'हर पल वर्तमान में जीना' यह आपका स्वभाव बन जाता है।
* आपके अंदर छिपी सभी संभावनाएँ खुल जाती हैं।
* इसी जीवन में मोक्ष (मुक्ति) प्राप्त होता है।

महाआसमानी शिविर में भाग कैसे लें?

इस शिविर में भाग लेने के लिए आपको कुछ खास माँगें पूरी करनी होती हैं। जैसे -

१) आपकी उम्र कम से कम अठारह साल या उससे ऊपर होनी चाहिए।

२) आपको सत्य स्थापना शिविर (फाउण्डेशन ट्रुथ रिट्रीट) में भाग लेना होगा, जहाँ आप सीखेंगे- वर्तमान के हर पल को कैसे जीया जाए और निर्विचार दशा में कैसे प्रवेश पाएँ।

३) आपको कुछ प्राथमिक प्रवचनों में उपस्थित होना है, जहाँ आप बुनियादी समझ आत्मसात कर, महाआसमानी शिविर के लिए तैयार होते हैं।

यह शिविर साल में पाँच या छह बार आयोजित होता है, जिसका लाभ हज़ारों खोजी उठाते हैं। इस शिविर की तैयारी आगे दिए गए स्थानों पर कराई जाती है। पुणे, मुंबई, दिल्ली, सांगली, सातारा, जलगाँव, अहमदाबाद, कोल्हापुर, नासिक, अहमदनगर, औरंगाबाद, सूरत, बरोडा, नागपुर, भोपाल, रायपुर, चेन्नई, वर्धा, अमरावती, चंद्रपुर, यवतमाल, रत्नागिरी, लातूर, बीड, नांदेड, परभणी, पनवेल, ठाणे, सोलापुर, पंढरपुर, अकोला, बुलढाणा, धुले, भुसावल, बैंगलोर, बेलगाम, धारवाड, भुवनेश्‍वर, कोलकत्ता, राँची, लखनऊ, कानपुर, चंदीगढ़, जयपुर, पणजी, म्हापसा, इंदौर, इटारसी, हरदा, विदिशा, बुरहानपुर।

आप महाआसमानी की तैयारी फाउण्डेशन में उपलब्ध सरश्री द्वारा रचित

पुस्तकों, सी.डी. और कैसेटस् सुनकर कर सकते हैं। इसके अलावा आप टी.वी., रेडियो और यू ट्यूब पर सरश्री के प्रवचनों का लाभ भी ले सकते हैं मगर याद रहे, ये पुस्तकें, कैसेट, टी.वी., रेडियो और यू ट्यूब के प्रवचन शिविर का परिचय मात्र है, तेजज्ञान नहीं। आप महाआसमानी शिविर में भाग लेकर ही तेजज्ञान का आनंद ले सकते हैं। आगामी महाआसमानी शिविर में अपना स्थान आरक्षित करने के लिए संपर्क करें : 09921008060/75, 9011013208

महाआसमानी शिविर स्थान :

यह शिविर पुणे में स्थित मनन आश्रम पर आयोजित किया जाता है। इस शिविर के लिए भोजन और रहने की व्यवस्था की जाती है। यदि आपको कोई शारीरिक बीमारी है और आप नियमित रूप से दवाई ले रहे हैं तो कृपया अपनी दवाइयाँ साथ में लेकर आएँ । वातावरण अनुसार गरम कपड़े, स्वेटर, ब्लैंकेट आदि भी लाएँ।

'मनन आश्रम' पुणे शहर के बाहरी क्षेत्र में पहाड़ों और निसर्ग के असीम सौंदर्य के बीच बसा हुआ है। इस आश्रम में पुरुषों और महिलाओं के लिए अलग-अलग, कुल मिलाकर 700 से 800 लोगों के रहने की व्यवस्था है। यह आश्रम पुणे शहर से 17 किलो मीटर की दूरी पर है। हवाई अड्डा, हाइवे और रेलवे से पुणे आसानी से आ-जा सकते हैं।

मनन आश्रम : मनन आश्रम, पुणे, सर्वे नं. ४३, सनस नगर, नांदोशी गाँव,

किरकट वाडी फाटा, तहसील - हवेली, जिला : पुणे - ४११०२४.

फोन : 09921008060

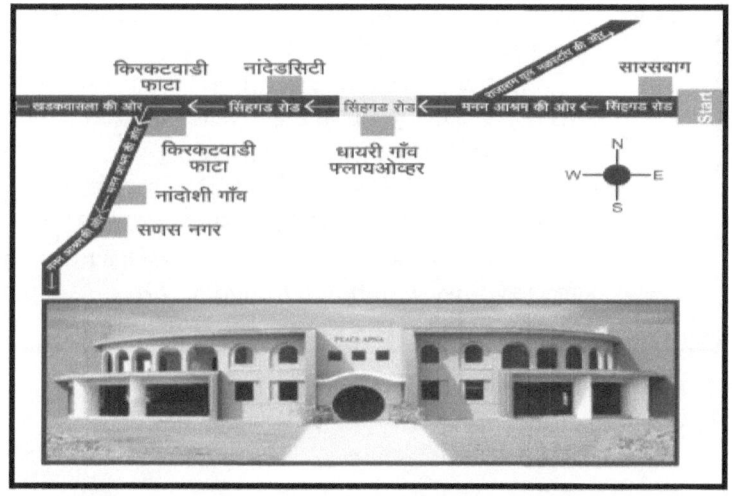

अब एक क्लिक पर ही शिविर का रजिस्ट्रेशन !

तेजज्ञान फाउण्डेशन की इन शिविरों के लिए
अब आप ऑनलाईन रजिस्ट्रेशन भी कर सकते हैं-

* महाआसमानी महानिवासी शिविर (पाँच दिवसीय निवासी शिविर)
* मैजिक ऑफ अवेकनिंग (केवल अंग्रेजी भाषा जाननेवालों के लिए तीन दिवसीय निवासी शिविर)
* मिनी महाआसमानी (निवासी) शिविर, युवाओं के लिए

रजिस्ट्रेशन के लिए आज ही लॉग इन करें

www.tejgyan.org

पुस्तकें प्राप्त करने के लिए नीचे दिए गए पते पर मनीऑर्डर द्वारा पुस्तक का मूल्य भेज सकते हैं। पुस्तकें रजिस्टर्ड, कुरियर अथवा वी.पी.पी. द्वारा भेजी जाती हैं। पुस्तकों के लिए नीचे दिए गए पते पर संपर्क करें।
WOW Publishings Pvt. Ltd.
* रजिस्टर्ड ऑफिस - E- 4, वैभव नगर, तपोवन मंदिर
के नज़दीक, पिंपरी, पुणे - 411017
* पोस्ट बॉक्स नं. 36, पिंपरी कॉलोनी पोस्ट ऑफिस, पिंपरी,
पुणे - 411017 फोन नं.: 09011013210 / 9623457873
आप ऑन-लाइन शॉपिंग द्वारा भी पुस्तकों का ऑर्डर दे सकते हैं।
लॉग इन करें - www.gethappythoughts.org
300 रुपयों से अधिक पुस्तकें मँगवाने पर 10% की छूट और फ्री शिपिंग।

सरश्री द्वारा रचित पुस्तकें

यह पुस्तक आपको भगवान बुद्ध के जीवन का रहस्य बताएगी। इस यात्रा में आप जानेंगे – * सिद्धार्थ कब और क्यों गौतम (खोजी) बने * गौतम की बोध प्राप्ति की यात्रा कैसे सफल बनी * बोध प्राप्ति के बाद भगवान बुद्ध की यात्राएँ कैसी थीं।

भगवान बुद्ध

इस पुस्तक में आपको नए शब्दों में भगवान महावीर की जीवनी और उनकी शिक्षाओं के बारे में बताया गया है। यदि आपने महावीरों की शिक्षाओं का असली अर्थ समझ लिया तो यह पुस्तक स्वबोध प्राप्ति के लिए यानी असली सत्य तक पहुँचने के लिए प्रेरणा बन सकती है।

भगवान महावीर

गुरु नानक का संपूर्ण जीवन ही ईश्वर की सराहना था, उसकी अभिव्यक्ति था। लोग आज भी उनकी शिक्षाओं का लाभ ले रहे हैं और उनके बताए मार्ग पर चल रहे हैं। यह पुस्तक पढ़कर आप गुरु नानकजी की जीवनी, कहानियाँ और सिखावनियों का अध्ययन कर, खुशी का खज़ाना प्राप्त कर सकते हैं।

सदगुरु नानक

जीज़स के जीवन द्वारा सीखने योग्य ऐसे कई बेहतरीन सबक हैं, जो हम सबके लिए प्रेरणा बन सकते हैं। इस पुस्तक द्वारा आप सत्य का ज्ञान, समझ और वहीं प्रेरणा प्राप्त कर सकते हैं।

जीज़स

इस पुस्तक में स्वामी विवेकानन्द और श्री रामकृष्ण परमहंस के जीवन की कुछ प्रेरक घटनाओं के अलावा एक-दूसरे के प्रति उनके प्रेम और आदर्शों के बारे में बताया गया है। यह पुस्तक आपको उस जुड़वाँ अनुभव से गुज़रने का मौका देगी, जहाँ गुरु और शिष्य 'दो शरीर और एक प्राण' बन जाते हैं।

स्वामी विवेकानन्द

सुंदर और सरल शैली में लिखी गई यह पुस्तक रामकृष्ण परमहंस और उनके शिष्यों के बीच हुई अनोखी बातचीत के पीछे छिपे गूढ़ ज्ञान को सहजता से सामने लाती है।

रामकृष्ण परमहंस

प्रस्तुत ग्रंथ में हमें उनके जीवन के विविध पहलू और विचारों का दर्शन होगा, जिससे हमें मनन-चिंतन करने की प्रेरणा मिलेगी। साथ ही तुकाराम महाराज के सुंदर अभंग, उनके अर्थ और मनन करने के लिए कुछ सवाल दिए गए हैं ताकि आपके अंदर भी प्रेम, भक्ति जगे और आपको मुक्ति से मुक्ति की राह सत्राह मिले।

संत तुकाराम महाराज

इस पुस्तक में आप संत ज्ञानेश्वर के जीवन से निकले कुछ सवा लाखी सवाल पाएँगे। जिन पर मनन करके आप अपने जीवन को सही दिशा दे सकते हैं, अपना आध्यात्मिक विकास कर सकते हैं, यहाँ तक कि आत्मसाक्षात्कार तक पहुँच सकते हैं।

संत ज्ञानेश्वर

इस पुस्तक द्वारा चाहे आप मीरा की अवस्था को न भी समझ पाएँ लेकिन पुस्तक पढ़कर भक्ति की एक किरण तो आप ज़रूर प्राप्त कर सकते हैं। सूर्य की एक किरण को पकड़कर सूर्य तक पहुँचा जा सकता है तो भक्ति की एक किरण को पकड़कर मीरा की प्रतिमा के आगे मीरा मंज़िल तक पहुँचा जा सकता है।

द मीरा

इस पुस्तक के पाँचवें खंड में संत कबीर की शिक्षाओं का विस्तार से वर्णन किया गया है। इसके साथ ही पहले चार खंडों में संत कबीर का बाल्यकाल, कबीर कौन, कबीर पर हुई गुरु कृपा और संत कबीर के सांसारिक जीवन को विस्तारित किया गया है।

संत कबीर

इस पुस्तक में आप पढ़ेंगे –
* बिना नाराज़ हुए राज़ जानने का मार्ग
* गुरुत्त्व और गुरु तत्त्व आकर्षण का रहस्य
* वृत्तियों से मुक्ति का ज्ञान
* जीवन के पाँच महत्वपूर्ण सबक
* पूर्ण समर्पण का महत्त्व और तेजलाभ

शिष्य उपनिषद्

इस पुस्तक में सत्य की उपस्थिति में जन्मी २४ कहानियों का संकलन किया गया है। ये ऐसी कहानियाँ जो हमें बहुत कुछ सिखा सकती है। इन कहानियों को पढ़कर, आप मनन करते हुए अपने गुणों पर जमी अवगुणों, वृत्तियों और मान्यताओं की धूल को हटाकर स्व में स्थित होने की ओर अग्रेसर हो जाएँ, यही शुभेच्छा व्यक्त करने का समय आया है।

आध्यात्मिक उपनिषद्

तेजज्ञान इंटरनेट रेडियो

24 घंटे और 365 दिन सरश्री के प्रवचन और भजनों का लाभ लें, तेजज्ञान इंटरनेट रेडियो द्वारा। देखें लिंक

http://www.tejgyan.org/internetradio.aspx

* हर रविवार सुबह 10:05 से 10:15 रेडियो विविध भारती, एफ. एम. पुणे पर 'तेजविकास मंत्र'

नोट : उपरोक्त कार्यक्रमों के समय बदल सकते हैं इसलिए समय पुष्टि करें।

www.youtube.com/tejgyan
पर भी सरश्री के प्रवचनों का लाभ ले सकते हैं।
For online shoping visit us - www.tejgyan.org,
www.gethappythoughts.org

तेजज्ञान फाउण्डेशन – मुख्य शाखाएँ
पुणे (रजिस्टर्ड ऑफिस)
विक्रांत कॉम्प्लेक्स, तपोवन मंदिर के नज़दीक, पिंपरी, पुणे-४११०१७.
फोन : 020-27411240, 27412576

मनन आश्रम
सर्वे नं. 43, सनस नगर, नांदोशी गाँव,
किरकटवाडी फाटा, तहसील – हवेली,
जिला- पुणे – 411 024 फोन : 09921008060

e-books
•The Source •Complete Meditation •Ultimate Purpose of Success •Enlightenment •Inner Magic •Celebrating Relationships •Essence of Devotion •Master of Siddhartha •Self Encounter, and many more.

Also available in Hindi at www. gethappythoughts.org

Free apps
U R Meditation & Tejgyan Internet Radio on all platforms like Android, iPhone, iPad and Amazon

e-magazines
'Yogya Aarogya' & 'Drushtilakshya'
emagazines available on www.magzter.com

e-mail
mail@tejgyan.com

website
www.tejgyan.org, www.gethappythoughts.org

– नम्र निवेदन –
विश्व शांति के लिए लाखों लोग प्रतिदिन
सुबह और रात 9 बजकर 9 मिनट पर प्रार्थना करते हैं।
कृपया आप भी इसमें शामिल हो जाएँ।

www.ingramcontent.com/pod-product-compliance
Lightning Source LLC
La Vergne TN
LVHW041845070526
838199LV00045BA/1442
9789387696242